두 엄마와 함께한
보름 동안의 행복 이야기

두 엄마와 함께한 보름 동안의 행복 이야기

발행일   2018년 12월 14일

지은이   조남대, 박경희   삽화   류재춘
펴낸이   손 형 국
펴낸곳   (주)북랩
편집인   선일영   편집   오경진, 권혁신, 최예은, 최승헌, 김경무
디자인   이현수, 김민하, 한수희, 김윤주, 허지혜   제작   박기성, 황동현, 구성우, 정성배
마케팅   김회란, 박진관, 조하라
출판등록   2004. 12. 1(제2012-000051호)
주소   서울시 금천구 가산디지털 1로 168, 우림라이온스밸리 B동 B113, 114호
홈페이지   www.book.co.kr
전화번호   (02)2026-5777   팩스   (02)2026-5747

ISBN   979-11-6299-441-2 03810 (종이책)   979-11-6299-442-9 05810 (전자책)

이 도서의 국립중앙도서관 출판예정도서목록(CIP)은 서지정보유통지원시스템 홈페이지(http://seoji.nl.go.kr)와
국가자료공동목록시스템(http://www.nl.go.kr/kolisnet)에서 이용하실 수 있습니다.
(CIP제어번호: CIP2018038953)

(주)북랩 성공출판의 파트너

북랩 홈페이지와 패밀리 사이트에서 다양한 출판 솔루션을 만나 보세요!

홈페이지 book.co.kr • **블로그** blog.naver.com/essaybook • **원고모집** book@book.co.kr

환갑 넘은 아들 부부와 두 노모의 동거 일기

두 엄마와 함께한
보름 동안의 행복 이야기

조남대·박경희 지음

이름만 불러도 가슴 아픈 단어 '어머니'.
그래서 우리는,
　그 이름을 마음껏 불러 볼
　시간을 갖기로 했다.

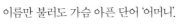

북랩 book Lab

우리 부부는 98세의 장모님과 88세의 어머니를 모시느라 그동안 참 수고가 많으신 처남 부부와 형수님의 노고를 조금이라도 덜어 드리고, 두 어머니와 함께 어릴 적 추억을 되새기며, 그동안 하고 싶었던 이야기를 나누기 위해 두 분을 보름 동안 경기도 양평 전원주택으로 모셨다.

두 어머니를 모신 집은 비록 열댓 평 정도 되는 조그만 황토집이지만 정원에는 푸른 잔디가 있고 그 앞에는 블루베리와 복분자 그리고 아로니아 나무가 70여 그루 심겨 있다. 또 집 옆에는 상추 등 채소를 심는 조그만 텃밭이 있으며, 경사진 곳에는 대추나무, 보리수, 매실나무 등이 있다.

이곳에서 두 어머니와 함께 보름 동안 지낸다는 부푼 꿈을 꾸며 집을 정리하고 시장을 보았다.

그러나 모시고 오는 날부터 우리의 생각은 산산조각이 나기 시작했다. 어머니를 아파트 9층에서 업고 땀을 뻘뻘 흘리면서 내려왔는데 그제야 작은 아들네 집에 가지 않겠다고 버티셔서 그런 어머니를 설득하느라 애를 태우기도 했다.

도란도란 어릴 적 추억을 이야기해 보겠다는 의도는 귀가 거의 들리지 않아서 시도조차 하지 못했으며, 심지어 함께한 지 이틀이 지나기 전에 "잔소리 그만 하세요!"라고 큰소리를 치며 화를 낸 뒤엔 먼 산을 바라보며 후회의 눈물을 삼키기도 했다.

자식이 환갑이 넘었건 머리가 하얗건 어머니 눈에는 아직도 어린아이에 불과할 뿐이라는 것도 새삼 느꼈다.

명절에 형수님 댁이나 처가에 들렀을 때 어머니와 장모님께 큰소리로 이야기하는 것을 보고 왜 저런 어투로 말씀하실까라고 생각했었는데 며칠 지나지 않아 '그동안 어머니를 모시느라 참 고생 많으셨겠구나. 대단한 분들이시네' 하는 존경심을 갖게 되었다.

98세의 장모님이 갑자기 숨이 차서 119 구급차에 실려 양평병원에 입원하신 일도 있다. 그때는 곧 돌아가시는 것이 아닌가 할 정도로 위급했었는데 5일 만에 극적으로 퇴원하신 후 애초 계획대로 보름 동안 계시다가 본가로 내려가셔서 얼마나 다행인지 모른다.

두 어머니는 멋진 5월의 파란 잔디밭에서 따사로운 햇살을 맞으며 산책을 하셨으며, 테라스에 앉아 저 멀리 용문산 백운봉을 바라보면서 모닝커피를 마시고 군고구마를 드시면서 행복에 젖어 보기도 하셨다.

또 찾아온 친척이며 손주들과 함께 옛날이야기를 하며 즐거운 한때를 가졌으며, 두 분을 위해 삼계탕과 각종 반찬을 만들어 갖고 오신 따뜻한 이웃의 배려에 더욱 행복해하셨다.

장모님과 어머니를 다시 본가로 모시고 갈 때는 보름이라는 짧은 기간 동안 항상 웃는 얼굴로 최선을 다해 모시지 못한 것에 대해 많은 후회가 되었다. 두 어머니께서 즐겁고 좋았던 일만 기억하시고 기분 나빴던 것은 쉬 잊어버리시기를 바랄 뿐이다.

사돈 간인 두 분이 다시 만나자는 기약도 없이 "건강하세요"라는 말만 남기고 서로 쓸쓸히 헤어지는 장면을 보면서 당신들도 살날이 많지 않다는 것을 알고 계시는 것 같아 마음이 찡했으며, 이번 일이 우리 부부에게도 노년을 위해 무엇을 준비하고 또 어떻게 보내야 할 것인지에 대해 다시 생각해 보는 계기가 되었다.

살아생전에 두 어머니를 다시 모실 기회가 있다면 정말 더 잘 모실 수 있을 것 같은데 어머니들의 건강이 허락해 주실지 알 수가 없다. 살아 계신 동안 즐겁고 내내 건강하시기를 기도해 본다.

비록 보름 동안이지만 두 어머니를 모시고 함께 생활할 수 있어서 너무 행복하고 다행이다. 이런 행복을 맛볼 기회를 만들어 준 양가 어머니와, 보름 동안 모시면서 맛있는 반찬을 하고 장모님 병간호하느라 고생을 한 사랑하는 아내 경희에게 감사를 전한다.

그리고 특히 대구에서 수십 년 동안 어머니를 모시고 계시는 서순태 형수님과 장모님을 모시고 계시는 박경석, 김향 처남 내외 분께 수고가 많으시다는 인사와 함께 감사와 존경의 마음을 전한다.

또한 내용에 잘 어울리는 멋진 삽화를 그려 책의 품위를 더욱 높여 주신 류재춘 화가에게 고마운 마음을 전한다.

양평 바로 이웃집에 사시면서 두 어머니를 위해 수시로 삼계탕과 제육볶음 등 각종 음식과 나물무침 등 반찬을 만들어 주시고, 장모님이 입원해 계실 때 집에 홀로 남은 어머니를 돌봐 주시는 등 많은 도움을 준 박경식, 손진숙 내외분께도 진심으로 감사를 드린다.

또 장모님이 입원해 계시는 동안 문병을 오신 처 외숙모님과 처질녀와 조카사위, 그리고 어른들을 뵙기 위해 양평을 찾아 준 처고종사촌들과 사랑하는 아들 규연이, 며느리 유진이 그리고 얼마 전 손자 낳느라 고생한 딸 현정이와 사위 대환이에게도 고마움을 전한다.

2018년 12월
조남대

차 / 례

PART 1

두 어머니를 모시기로 하자
옛 추억이 떠오른다

어릴 적 일들이 주마등처럼 스쳐 간다

2018년 4월 17일 화요일, 구름 조금

사랑하는 경희가 소원이 있다며 들어달라고 한다.

사뭇 진지한 얼굴을 한 아내가 울먹이며 "서방님, 소원이 있는데 들어주실래요? 아니 들어주셔야 해요" 한다. "뭔데, 말해 봐" 하니까, 평소 같으면 "꼭 들어주신다고 약속하세요" 하면서 강요를 했을 아내가 이번에는 그냥 이야기한다.

지난번 친구 아들이 갑작스러운 사고로 돌아가 대구에 문상을 다녀오는 길에 친정에 잠시 들렀을 때 얘기를 꺼낸다. 친정 엄마가 아파트 안 50여 미터의 거리밖에 되지 않는 노인정에 가는데도 2~3번이나 쉬어야 하는데, 비가 와서 땅이 젖어 있는데도 불구하고 힘이 들어 그냥 아무 곳이나 주저앉는 것을 보고 속으로 얼마나 울었는지 모른단다.

그러면서 엄마는 숨이 차서 도저히 걸을 수 없다며, 빨리 죽어야 하는데 죽지도 않고 있어 이렇게 자식들을 고생시킨다면서 한탄을 하셨단다. 장모님은 명절이나 행사가 있어 찾아뵐 때마다 "빨리 죽어야 하는데 죽지도 않아 너희들을 고생시킨다"라는 이야기를 자주 하셨다.

아내는 그러면서 노인정에서 오랫동안 점심식사 봉사를 해 주신 분이 이제는 연로하신 데다, 함께 식사하셨던 분들도 이사를 하거나 입원하신 분, 요양병원 가신 분, 돌아가신 분이 있다 보니 식사하시는 사람이 줄어들어서 점심 식사를 없애 버렸다는 것이다. 그래서 오빠와 올케는 생각 끝에 반찬을 3~4가지 만들어 노인정 냉장고에 보관해 놓고 밥은 날마다 도시락으로 싸 드린단다. 더구나 98세인 엄마는 치아도 없으셔서 모든 음식을 잘게 다져서 챙겨드려야 하는데 70세가 넘은 올케가 그 고생을 혼자 하고 있어 미안하단다.

그러면서 이제 엄마가 얼마 사실지 모르는 데다 언니의 고생이 더해져서 안타깝다면서 며칠만이라도 엄마를 우리가 모시고 언니와 오빠에게 휴가를 드리고 싶다고 이야기한다.

아버지 임종 시 이야기 나누지 못한 것이
평생 후회된다.

나는 별 망설임 없이 좋다고 했다. 그러자 아내인 경희는 고맙다며 눈물을 흘린다.

내가 좋다고 한 이유는 내 경험 때문이었다. 내가 제일 후회스러웠던 것이 아버지께서 담도암 선고를 받고 대구 허병원에 누워 계셨을 때 오래 사시지 못하리라는 것을 알고도 서울에서 직장에 다닌다는 핑계로 자주 문병도 못간 것이다. 특히 병원에 누워 계실 때 옆에 앉아 간호하면서 그동안 아버지와의 추억을 이야기하며 옛날을 회상하지 못한 것이 너무나 안타까웠다.

나는 내가 우리 8형제 중에 상주 고향에서 아버지와 나눈 추억이 가장 많은 자식이라고 생각한다. 지금도 아버지와 함께했던 고향이 눈에 선하다.

어릴 때 나는 중학교를 졸업하고 대구로 왔지만, 학교만 갔다 오면 집 뒤 논과 밭으로 다니며 풀을 베고, 김을 매고, 돼지 먹일 풀을 뜯기 위해 들로 다녔으며, 땔감을 마련하기 위해 마을 뒷산 오르내리기를 수없이 하였다.

특히 아버지가 퇴근하신 후나 휴일에 지게를 지고 들로 가실 때 뒤에 따라가면 아버지께서는 '가련다. 떠나련다. 어린 아들 손을 잡고, 감자 심고 수수 심는 두메산골 내 고향은…'이라는 가사의 「고향 무정」을 구슬프게 부르시곤 했었다. 그래서 나는 지금도 「고향 무정」을 즐겨 부르고, 또 이 노래를 부를 때면 그때 아버지의 지게 목발을 잡고 뒤따라가던 때가 생각난다.

아버지께서는 우체국에 다니셨는데 사촌 누님의 이야기를 듣고 그 당시 공무원이라는 좋은 직장을 그만두고 퇴직금과 문전옥답을 팔아 대전으로 사업을 하신다며 가셨다가 몇 년이 지나지 않아 실패하고 돌아오셨다.

실업자가 되시니까 산을 개간해서 뽕나무를 심어 누에를 치시고, 밭을 개간해서 논을 만드는 일을 하셨는데, 어린 나이에 아버지를 도우며 참 많은 일을 했던 기억이 선하다.

걸음이 불편하고 귀가 어두운 어머니와
옛 추억을 이야기하기 위해
장모님과 함께 모시기로 했다.

그러면서 나는 언젠가는 어머니하고 함께하면서 옛날 이야기하는 시간을 가져야겠다는 마음을 먹고 있었다. 어머니는 연세가 88세이지만 걸음걸이가 불편하여 보행기를 밀고 다니셔야 하기 때문에 집 안에만 게시고 거의 움직임이 없으시다. 귀도 어두우셔서 전화통화가 잘 되지 않고 가끔 정신이 오락가락하실 때도 있으시다.

이런 생각을 하고 있던 차였기에 앞으로 사실 날이 많지 않은 장모님과 함께하고 싶다고 이야기를 하는 경희의 심정이 충분히 이해가 됐다.

나는 33년 동안 직장생활을 하면서 직장 일과 우리 식구들만 생각했고 대구에 형수님이 모시고 계시는 어머니에 대한 생각은 별로 없이 지냈다. 귀가 어두워 전화통화가 어려워지시고 난 다음부터는 전화도 드리지 않고 명절이나 생신 등 행사 때 찾아뵙는 것이 전부였다.

다리를 다쳐 지난 설과 아버님 제사 때도 못가고 형님 제사 때 찾아뵈었더니 처음에는 나를 보고 누구시냐며 자식도 잘 몰라보고 딴소리를 하셨다. 비록 흰 머리를 염색하지 않은 채였고 다리를 다쳐 목발을 짚고 절뚝거리며 갔었지만, 아들도 몰라보시다니… 너무 가슴이 아팠다.

나는 경희에게 미안하지만 "장모님 모실 때 어머니도 같이 모시고 와서 함께 지내자"라고 했다. 그러자 경희는 멈칫했다. 장모님만 모셔 와서 오순도순 옛이야기를 하며 재밌게 지내려고 했는데 걸음걸이가 불편한 시어머니도 함께 모시자니 좋을 수만은 없었을 것이다.

경희는 "어머님은 거동도 힘드시고 귀도 어두우신데 두 노인을 함께 모시기는 어려우니 이번에는 엄마만 모시기로 하자"라고 한다.

그래서 내가 장모님과 어머니는 사이도 좋으시고 몇 년 전에도 두 분을 모시고 서울에서 보름 정도 계신 적이 있지 않느냐면서 같이 모시자고 하자 경희는 한참을 생각하다 그러자고 했다.

어머니는 나보다 스물네 살 많은 띠동갑이니 이제 88세다. 연세는 그렇게 많지 않으시나 허리가 거의 90도로 굽어져 걸음이 아주 불편하시다. 보행기가 없으면 화장실 가시는 것도 어려워하신다. 나도 사실 두 어머니를 모시고 보름 동안 환경도 불편한 양평 농원에서 잘 지낼 수 있을지 의문이다. 그렇지만 현재 우리에게는 특별히 바쁜 일이 없으니 공기 좋은 전원에서 지내면 좋지 않겠는가 하는 막연한 생각이 든다.

경희가 어렵게 부탁을 한 틈을 타서 나도 어려운 부탁을 했는데도 두 분을 모시기로 결심을 해준 경희가 고맙고 착하다는 생각이 든다.

나는 귀가 어두우서서 의사소통이 잘 될지 모르겠지만 이번 기회에 엄마하고 어렸을 때 추억을 이야기해 보려 한다. 지금 생각해 보면 좋았던 기억보다는 힘들고 어려웠던 기억이 더 많이 떠오른다.

어머니는 일본 유학 후 16세에 시집와서
똥장군**1**을 지는 등 온갖 농사일을 다 하셨다.

  엄마는 참 고생을 많이 하셨다. 일제강점기 때 외할아버지께서
일본에 계셔서 그곳으로 건너가 국민학교를 다니셨단다. 그러다
가 해방이 되자 열다섯 살에 한국으로 나오셔서 1년 지난 16세에
시집을 오셨다. 외갓집은 그 당시 상주시 낙동면 낙동평야에 땅이
많은 부잣집이셨는데 아버지의 4촌 누님이 중매를 서서 결혼을
하셨단다.

  나중에 어머니에게 들은 이야기에 의하면 어머니는 장녀이고 밑
으로 남동생이 두 명 있었는데 아들을 기대했던 외할아버지께서
는 외할머니가 딸을 낳자 기분이 나빠 대문에 쳐 놓은 금줄**2**을 걷
어 돼지우리에 던져 버리셨단다. 어릴 때는 딸이라고 목욕도 자주
시키지 않은 탓에 피부가 검고 거칠어지셨단다.

  또 어머니의 할머니께서는 어머니를 딸이라고 미워하셔서 출산
했을 때 제대로 먹이지도 않으셨단다. 구박을 받으며 자라던 차에
어머니에게 중신이 들어오자 할머니는 사람 입이라도 하나 줄이
자는 심정으로 적극적으로 찬동을 하셨고, 그래서 어머니는 갑자

---

1 똥을 거름으로 쓰기 위해 옮길 때 쓰는 농기구. 변소에서 삭힌 똥을 바가지로 퍼 똥장군에 담고,
   짚으로 된 뚜껑을 닫아 지게로 옮긴다.
2 아이를 낳았을 때 부정한 것의 침범이나 접근을 막기 위하여 문이나 길 어귀에 건너질러 매는 새
   끼줄. 이 줄이 있는 곳은 사람들이 함부로 드나들지 못한다.

기 시집을 오시게 되었단다.

아버지는 태어나기 전에 아버지가 돌아가신 유복자이신 데다, 어머니도 어린 아들을 두고 재혼을 하셔서 할아버지와 삼촌과 숙모 밑에서 자라셨다. 그런 데다 7대 종손이시다. 19살에 할아버지가 위독해지시자 빨리 종손을 장가보내야 한다고 해서 어머니와 서둘러 결혼을 하셨단다.

어머니는 결혼한 지 얼마 되지 않아 시할아버지 초상을 치르셨으며, 조금 지나서 그동안 함께 거주하던 삼촌이 분가하셔서 그때부터 각종 농사일을 하셨단다.

아버지가 체신부 공무원으로 근무를 하시면서 농사일을 하셨지만 그래도 어머니는 큰 농사꾼이었단다. 그 당시 시골에서 농사를 지으면서 공무원을 하셨으니 남부럽지 않게 사셨다. 내 기억에도 1960년대였는데 집에 재봉틀이 있었고 마을 앞 논과 뒷산 밑에 토지가 꽤 있었다. 다른 애들은 고무신을 신을 때 운동화를 신었고, 책보를 메고 다닐 때 가방을 들고 다녔다. 가을에 추수하면 뒤주에 벼를 가득 넣어 두었다가 필요할 때 퍼내어 쌀을 찧고 또 돈으로 바꾸기도 했었다.

아버지가 중도에 공무원을 퇴직하고 문전옥답을 팔아 사업을 하신다며 대전으로 떠나기 전까지는 가정형편이 괜찮았으나 사업에 실패한 후부터는 집안이 어려워졌다. 그 이후 아버지가 다시 우체국에 들어가 근무를 하시다가 대구로 전근을 가신 다음부터 농사일은 어머니 차지가 되었다.

어머니는 심지어 똥장군까지 지고, 각종 밭일을 다 하셨으며, 지게를 지고 나무를 하는 등 남자 일꾼 못지않은 농사꾼이셨다. 나도 중학교 졸업할 때까지 학교를 마치면 밭일과 논일뿐 아니라, 산에 가서 땔감을 하는 등 안 해 본 농사가 없을 정도였다.

다른 아이들은 웅덩이에서 풍덩풍덩 뛰어들며 목욕을 하는데도 나는 뜨거운 땡볕에 콩밭과 고구마밭을 매는 일이 끝나지 않아 그 아이들을 부러워했던 일, 많은 일꾼과 못줄을 대며 모내기를 하던 일, 가을마당에 볏단을 높이 쌓아 놓고 타작을 하던 일, 겨울에 동네 형들을 따라 뒷산에 올라가 지게에 한가득 나무를 해 오던 일 등이 아직도 생생하다.

또 그 당시 누에 치는 일이 단기간에 소득이 높은 일이어서 집집마다 했는데 이것이 엄청 바쁘고 힘든 일이었다. 누에는 5살 먹은 후 고치를 칠 때까지 뽕잎을 주어야 하는데 어릴 때는 뽕잎을 칼로 잘게 썰어 주다가 나중에 4살 먹은 후부터는 뽕나무 가지째 잘라 준다. 이 시기 누에가 사각사각하며 뽕잎 먹을 때는 비 오는 소리처럼 들린다. 바쁠 때는 외할머니도 오셔서 도와 주셨던 기억이 난다.

남편 없는 농촌에서 농사지으며 8형제를 키우시느라
정신적으로 너무 피폐해지셨다.

어머니는 남편 없는 농촌에서 농사를 지으며 8형제를 키우시느라 정신적, 육체적으로 참 고생을 많이 하셨다. 그러시다가 한때는 신이 들렸다고 하는 등 정신이 이상하여 무당을 불러놓고 푸닥거리도 여러 번 했던 기억이 난다.

그러다 내가 고등학교에 들어가고 얼마 되지 않아 아버지가 계시는 대구로 모두 이사를 했다. 대구에서도 형편은 어려웠다. 범어동 골짜기에 수도가 없어 동네 저 아래 공동수도에서 물동이에 물을 길어 물지게에 지고 날랐으며, 그 이후 봉덕동에 있는 3칸짜리 단독주택에 이사를 왔지만, 그마저 방 1칸은 전세를 줬다.

아들 여덟을 키우다 보니 생활비는 항상 부족하여 외상으로 생필품을 구입한 후 아버지가 한 달 월급을 타면 가게에 대부분을 가져다줄 정도였다. 그 어려운 가운데서도 어머니는 자식들을 참 온순하고 바르게 잘 키우셨다.

지금도 가만히 생각해 보면 아버지 어머니가 어떻게 아들만 여덟인데도 크게 혼내거나 매를 들지도 않고 잘 키우셨는지 감탄하지 않을 수 없다. 그리고 그 8형제 중 실력이 되어 공부하겠다고 하는 아들은 모두 끝까지 공부를 시키셨다.

이번 기회에 어머니와 이런 추억과 고생담을 이야기해 보고자한다. 지금은 남편을 먼저 보내고 혼자된 큰 며느리와 함께 대구에서 살고 계신다.

언제 어머니와 보름간을 이렇게 가깝게 지낼 수 있겠는가. 어머니 가시기 전에 마지막 효도라고 생각하며 제대로 잘 모시고 싶다.

두 어머니를 모시기로 한 것을 계기로 아내인 경희는 다음과 같은 심정으로 장모님을 생각하는 글을 썼다.

사랑하는 울 엄마

엄마를 만날 때마다 조금씩 기력이 떨어짐을 절감하면서 이별의 시간이 다가온다는 것을 느낀다. 98세로 정신이 맑으시고 정갈하신 어머니를 둔 것이 얼마나 자랑스러운지 모른다.

누가 엄마 계시느냐고 물으면 항상 당당하게 98세 엄마가 계시는데 기억력 좋으시고, 전화통화도 가능하고, 자식에게 폐 끼치지 않으려고 병원이며 은행 가시는 것까지 웬만한 일은 혼자 처리하신다. 또한 명절 때면 곱게 화장하신 다음 한복 입는 것부터 절 받으시는 것까지 모든 것을 스스로 하신다고 이야기한다. 그러면 주변 사람들은 놀라고 부러워한다. 나도 엄마처럼 곱고, 사리가 분명하며, 정갈하게 늙어갈 수 있을까 자문해 본다.

의성 김씨 종손이신 외조부께서 한학에 능하신데도 신학문을 공부하기 위해 동경으로 유학 가셨는데 관동대지진 때 사망하신 것으로 추정된다.

어머니는 외조부 28세 때 아버지 얼굴도 모른 채 유복자로 출생하셔서 삼촌, 숙모, 사촌들과 모두 한집에 살며 외롭지 않게 자랐으나 가끔 이유 없이 왜 아버지가 없냐고 할아버지께 물으시기도 했다고 하신다.

솜씨 좋으신 외할머니 밑에서 가정교육과 예법과 바느질 등을 배우시고, 18세에 한 살 아래인 층층시야 장남이신 아버지와 결혼하셨다. 오남매(아들 둘, 딸 셋) 낳으시고, 공직생활 하시면서 가정보다는 남의 일, 바깥일을 더 열심히 하시던 아버지를 대신하여 집안 살림과 농사까지 총괄하시며, 하루도 손에 물이 마를 날이 없으셨다.

바깥일이 많아 사람을 좋아하시고 인심 후덕하신 아버지로 인해 집 안에는 늘 손님이 드나들었고, 방학이면 외사촌들이 외갓집에 와서 방학 내내 머물기도 했다.

어머니는 또 인심이 좋으시고 점잖으신 우리 할머니 대신 참으로 많은 일을 지혜롭게 처리하셨다. 이 나이까지 자라면서 특히 유년시절에도 우리 오 남매는 엄마한테 나쁜 소리, 욕 한 번 들어보지 않은 채 잘 자랐고, 사랑을 듬뿍 받아서 그런지 모두 자존감도 높고 사랑을 나눌 줄 아는 자식들로 성장한 것 같다.

그동안 직장생활 하느라, 퇴직 후엔 손주 돌보느라 늘 아쉬웠던 엄마와의 동행 시간. 이번에 갑자기 철이 들어 보름간 추억 쌓기를 계획했다.

양평농원 사전 점검

2018년 5월 12일 토요일, 비 옴

두 어머니 모실 양평농원을 방문하여
반찬 구입 등 사전 준비를 하다.

 이제 사흘만 지나면 두 어머니를 모시러 대구로 가는 날이다.
오늘은 두 어머니를 모실 양평에 사전점검 차 들렀다. 보름 동안
생활하는 데 필요한 것을 우선 준비했다. 서울에서 있는 '가영시
아'[3] 수업과 색소폰 강습을 양평에서 직접 다녀야 하므로 사진기
와 가방 및 색소폰을 챙겼다. 경희와 차를 타고 간다. 비가 온다.
요즈음은 양평에 갈 때마다 비가 온다. 미리 두 어머니를 모실

---

3 '가톨릭 영 시니어 아카데미'의 줄인 말. 천주교 서울대교구 노인사목부 산하 2년 과정의 학교로
 영 시니어들을 대상으로 미술, 생활 성가, 삶과 문학, 기타, 엔터테인먼트, 예술 힐링, 하모니카, 사
 진, 연극 등을 교육하는 곳.

준비를 해야 하는데 비가 와서 지장이 많다. 집에서 키우던 영산홍도 이제 꽃이 다 시들어져서 나무를 뽑아 양평에 심기 위해 챙겼다.

점심을 라면으로 먹은 후 양평 읍내로 나갔다. 두 분이 드실 반찬 등을 사기 위해서이다. 슈퍼에 들러 두 어머니가 드시기 편한 두부와 무, 고등어 등을 우선 조금 샀다. 그리고 잔디에 줄 거름도 한 포 사고 고추와 오이, 토마토, 호박 모종도 구입했다.

비가 오는 중에도 각종 모종을 심었다. 보슬비가 오는 중에 심는 것이 활착하는 데는 더 좋을 것 같다는 생각이 든다. 잔디에 비료도 주었다. 이제 파란 싹이 돋아나고 있어 좋을 것 같다. 황토방에 군불을 지폈다. 날씨가 별로 차갑지 않아 그렇게 많은 장작을 때지 않아도 아랫목에 따뜻한 온기가 느껴진다.

비가 오는데 모종을 심었더니 옷이 좀 젖었다. 앞이 탁 트인 전망을 보며 나란히 앉아 읍내에서 사온 삼겹살에 포도주를 한잔한다. 맛과 분위기가 최고다. 이런 것이 행복이던가. 날씨만 좋았으면 분위기가 더 좋았을 텐데….

2층에 올라가 컴퓨터를 점검하고 오늘의 일지를 정리한다. 모든 것이 순조롭다. 기분이 좋다.

어머니 일상복 구입 및 마음의 준비

2018년 5월 14일 월요일, 맑음

내일이면 두 어머니를 모실 것에 대비하여
마음의 준비를 한다.

　내일이면 대구에 어머니와 장모님을 모시러 가는 날이다. 두 어머니를 모시고 바로 양평으로 와야 하므로 우리도 양평에서 생활할 준비를 해야 한다.

　경희는 며칠 전에 두 어머니가 양평에서 편하게 입으실 일상복과 내 반바지를 샀다.

　양평에서 보름 동안 지내야 하는 관계로 방배동 성당에서 일요일 빈첸시오[4] 회비 접수 봉사를 할 수 없고 월요일 회의에도 참석하는 것이 곤란하여 회장에게 우리의 사정을 미리 알려드렸다.

　필요한 물품을 챙겨서 대구로 가야 한다. 차 트렁크가 작아서 대구에서 두 어머니의 물품을 싣는 데 부족하지는 않을지 걱정이 되어 집에서 많은 물건을 챙겨 가기가 부담된다.

두 어머니를 모시는 것이 살아생전에 마지막이 될지도 모르기 때문에 잘 모셔야 하는데, 8월에 있을 라이나전성기캠퍼스[5]에서 '제주도 한 달 살며 여행하기' 강의 준비도 해야 하고 일주일에 한 번씩 '가영시아' 수업에 출석해야 하는 등 일정이 많아 차질 없이 잘 모실지 걱정이다.

내일은 좀 일찍 출발하여 대구에서도 될 수 있는 대로 빨리 올라와야 저녁에 군불을 지펴 따뜻한 방에서 모실 수 있을 것이다. 연세가 많으셔서 오랫동안 차를 타기도 쉽지 않기 때문에 중간에 여러 번 쉬어야 할 것이다.

내일 일찍 일어나서 준비해야 하는 관계로 그만 자야겠다.

---

4 1833년 앙투앙 오자남(Antoine Ozanam)이 가난한 사람들에 대한 봉사활동의 필요성을 절감하고 자선협의회를 설립하여 활동을 시작한 것이 기원이며, 1834년 2월 성 빈첸시오를 수호성인으로 정하고, 1835년 명칭을 빈첸시오아바오로회로 정하였다. 각 성당 안에 구성된 협의회를 기본 조직으로 어려운 이웃을 돕는 봉사활동을 한다.

5 라이나전성기재단의 후원으로 50대 이후 은퇴를 앞두거나 은퇴한 사람들을 위해 인문학, 여행, 스마트폰 촬영, 외국어, 그림 등 다양하고 흥미로운 프로그램을 저렴한 비용으로 강의하는 캠퍼스.

PART 2

시작부터 예측불허,
두 어머니와 함께한 보름

첫째 날

아파트 9층에서 어머니를 업고 내려오다

2018년 5월 15일 화요일, 맑음

장모님이 사과를 드시는데 틀니가 쑥 빠져 깜짝 놀랐다.

눈을 뜨니 아침 7시다. 두 어머니를 모시러 대구로 가는 날이라서 그런지 평소보다 일찍 잠이 깨었다. 간단히 아침을 먹고 양평 농원에서 필요한 물품을 챙겨 자동차에 실었다. 기분이 좋다.

7시 반에 집을 나섰다. 아침 출근 시간이라 차가 좀 밀린다. 양재를 거쳐 요금소를 지나 영동고속도로로 접어들었다. 휴게소가 마음에 드는 덕평에서 쉬기로 하고 정신없이 달리다 보니 잘못하여 덕평IC로 들어섰다. 할 수 없이 요금소를 나와서 다시 영동고속도로로 들어가서 조금 가다 덕평휴게소에서 커피 한잔을 하고는 계속 달렸다.

서울에서 대구까지는 보통 3시간 반 정도 소요되는데 선산휴게소에서 기름을 넣기 위해 좀 쉬고 화장실에 다녀오다 보니 4시간이 걸려 11시 반에 대구 달서구 상인동 처가에 도착했다.

집에 들어갔더니 장모님께서 며칠 전에 틀니를 하셨는데 잘 맞지 않는다면서 불만을 토로하신다. 사과를 드시기 위해 포크로 집어 깨무는데도 틀니가 쑥 빠진다. 순간적으로 뻘건 잇몸이 툭 튀어나온 것 같아 깜짝 놀랐다. 장모님은 의사가 딱 맞게 만들지 못했다고 불평을 하시고, 처남은 틀니를 하고 처음에는 잘 맞지 않을 수도 있으니 차츰 시간을 두고 맞춰 가야 한다고 하면서 두 분이 옥신각신하신다.

처남은 어제저녁에 장모님이 음식을 잡수시다 틀니가 빠지자 빠진 틀니를 들고 치과에 가서 물려야 한다면서 큰 길거리로 나가셨다고 얘기한다. 택시를 잡으려고 해도 잡히지 않아 병원을 찾아가지 못했다면서 98세가 되는 노인이 고집이 너무 세다며 불만을 토로하신다.

너무 많은 나이에 틀니를 한 관계로 시간을 두고 조정해 가면서 맞춰 가야 하는데 연세가 많으시니까 쉽게 적응이 안 될 뿐 아니라, 노인정에 계시는 할머니들께서 당신들의 경험을 이야기하면서 의사가 잘못했다는 등 한마디씩 하시니까 장모님께서 화가 많이 나신 모양이다.

장모님 짐을 챙겨서 점심을 먹기 위해 근처 한정식당으로 갔다. 고소한 땅콩죽이 나왔다. 죽을 드시니 장모님의 틀니도 괜찮다. 부드러운 채소를 드셔도 괜찮다. 자꾸 씹으니까 틀니가 잇몸에 장착이 됐는지 빠지지 않는다. 부드러운 음식 위주로 드시니까 괜찮은 모양이다.

엘리베이터 고장으로
9층에서 어머니를 업고 내려오다.

　1시쯤 식사를 마치고 처남 내외분과 헤어졌다. 장모님을 차에 태우고 어머니를 모시기 위해 월성동 형수님 댁을 찾아가면서 지금 가고 있다고 전화를 드렸다. 상인동과 월성동은 10분 거리다. 전화 드리고 나서 금방 형수님 댁에 도착하여 엘리베이터 버튼을 누르는데 불이 들어오지를 않는다. 몇 번을 누르다가 보니 엘리베이터를 수리 중이라는 푯말이 보인다. 형수님에게 전화를 드렸더니 오늘 오후에 수리한다는 안내방송이 어저께 나왔는데 미리 내려와 있어야 한다는 것을 인식하지 못했단다.

　형수님은 28층 아파트의 9층에 사신다. 오늘 오후 1시부터 5시까지 수리를 한단다. 마침 수리하는 분이 보이기에 걸음걸이가 아주 불편한 저의 어머니가 9층에 계시는데 지금 서울로 가기 위해 내려오셔야 한다고, 잠시 엘리베이터를 가동할 수 없느냐고 이야기했더니만 엘리베이터 로프를 풀고 부속품을 교체하는 중이라 할 수가 없다면서 119에 전화해 보란다.

　난감하다. 이런 일로 119에 전화를 할 수도 없고. 내가 다리가 성하다면 올라가 업고라도 내려올 수 있을 텐데 허벅지 골절로 목발을 짚고 다리를 쩔뚝거리며 다니고 있어 혼자 걸어 올라가지도 못하는 상태다. 형수님은 집사람이 올라와서 어머니를 같이 부축해서 내려가자고 하는데 보통 체격보다 크신 데다 보행기를 밀고 겨우 다니시는 어머니를 육십이 넘은 여자 두 명이 9층에서 모시고 내려온다는 것은 가능하지 않은 일이다.

할 수 없어 대구에서 사업하고 있는 동생에게 사정을 이야기했더니만 자기도 지금 작업 때문에 성주에 와 있으며, 조카도 경산에 있단다. 집사람하고 고가사다리차를 불러서 내려오도록 해 볼까 하는 등 방법을 생각하고 있는데 아파트에서 청소하시는 아주머니께서 우리의 사정을 듣더니 아파트 관리사무소에 젊은 직원들이 있는데 거기에 이야기하면 도와줄 수도 있을 것 같다고 이야기한다. 그 이야기를 형수님에게 설명하고 관리사무소에 전화해 보시라고 알려드렸다.

주차장에서 좀 기다리니까 관리사무소 제복을 입은 체격이 좋은 젊은 직원 두 명이 아파트 현관문을 열고 들어가는 것이 보였다. 형수님의 전화를 받고 도움을 주기 위해 올라가는 것인 듯했다.

한참을 기다리니 관리사무소의 체격 좋은 직원이 어머니를 업고, 다른 직원은 어머니 보행기를 들고, 형수님은 어머니 가방을 메고 내려오신다. 얼마나 반갑던지…. 도움을 받지 못했다면 주차장에서 오후 5시까지 4시간을 기다리든지, 또 다른 방법을 찾느라고 고민하고 있었을 것이다.

형수님과 우리는 관리사무소 직원에게 정말 고맙다는 인사를 드렸고, 형수님은 수고한 그분들에게 관리사무소를 한 번 찾아뵙겠다고 또 인사를 하신다. 가볍지 않은 어머니를 업고 9층에서 내려오신 분은 땀을 뻘뻘 흘리시면서 힘들어하신다. 정말 고맙다.

갑자기 어머니가 아들 집에
안 가겠다고 하셔서 황당했다.

그 와중에 어머니는 내려오셔서 나를 보시자 서울에 살려고 가는 거냐고, 잠깐 다니려고 가는 거냐고 다그치며 물으신다. 그러면서 "나는 서울에 안 간다"라고 하신다. 내가 보름 정도 우리 집에 다니러 가는 거라고 이야기를 하니 수긍이 되시는 모양이다.

차에 타고 계시는 장모님하고 같이 우리 집에 모시고 갔다가 보름 후에 같이 모시고 내려온다고 재차 이야기하니 그제야 좀 안심이 되시는 모양이다. 또 형수님에게 몇 번이나 "내가 잠깐 다니러 가는 거 맞느냐"라고 물으신다. 형수님은 "아들 집에 가서 말 잘 들어야 모시고 옵니다"라고 농을 하신다.

어머니는 귀가 얇은 편이다. 즉, 다른 사람들이 이야기하는 것을 잘 믿으신다. 짐작하건대 주변 사람들이 장남 집을 떠나 이리저리 옮겨 다니면 나중에 떠돌이 신세가 된다는 이야기를 들으셨든지, 아니면 큰 며느리가 모시기 힘드니까 작은아들 집에 보내는 것이 아닌가 싶으셨든지, 요양원에 보내는 것은 아닌지 하는 의심이 드신 모양이다. 차에 타시면서 장모님이 "우리 같이 갔다가 같이 오십시다"라고 하자 그제야 안심이 되시는 모양이다. 형수님하고 인사를 하고 헤어졌다.

장모님은 98세이지만 정신이 또렷하고 귀도 밝으시다. 반면에 어머니는 88세이지만 귀가 어둡고 정신도 명쾌하지 않으시며 분별력도 좀 떨어진다.

그래서 자동차 뒷좌석에 나란히 타고 있어도 의사소통이 잘 안 된다. 5년 전 서울에서 함께 모실 때는 훨씬 더 건강하시고 의사소통도 잘 되었는데 노인들은 한 해 한 해가 다른 것 같다. 한참을 별말씀이 없으시더니만 두 분 다 주무신다.

두 분이 사돈지간이지만 오랜만에 만나서 별로 할 말이 없으신 것인지 아니면 거주하던 곳을 떠나 새로운 곳에 간다고 하시니까 좀 심란하신 것인지 인사하고 할 말이 없으시니까 주무시는 모양이다.

주무시는 사이 빨리 가기 위해 계속 달리려다가 목도 마르고 화장실에 가고 싶어 우리만 살짝 다녀오려고 문경 휴게소에서 차를 세웠더니 두 분 다 깨어나신다. 50미터가 안 되는 화장실도 한걸음에 못 가시고 쉬어야 한다. 화장실 앞에 앉으시게 한 뒤 내가 돌보고 있는 사이에 경희가 한 분씩 화장실에 볼일을 보시도록 도와 드렸다.

호두과자를 한 봉지 사서 드리니 잘 드신다. 장모님은 오른쪽 귀가 좀 어둡고 왼쪽은 좀 들리시는 편이다. 그래서 어머니를 뒷좌석 왼쪽에 장모님은 오른쪽에 앉혔다. 즉, 어머니를 장모님 왼쪽에 앉혔다.

그러니까 의사소통이 좀 되는 모양이다. 운전하면서 뒤에서 두 어머니가 이야기하시는 것을 들어 보니 참 재밌다. 어머니가 어느 날 길을 가는데 어떤 사람이 조그만 아들과 좀 더 큰아들과 또 조금 더 큰아들과 더 큰아들 등 아들만 4명을 데리고 가는 것을 보셨단다. 그걸 보니 참 뿌듯하더라고 하니 장모님도 참 든든하겠다고 맞장구를 치신다.

그러면서 시집을 왔으면 밥값을 해야 하는데 아들도 못 낳으면 안 된다고 하신다. 요즈음 젊은이들이 들으면 기겁을 할 것이다. 아들만 네 명이라면…. 그런데 이 두 분 할머니는 아들 자랑이다. 어머니는 내가 어릴 때만 해도 "나는 전생에 무슨 죄를 지었기에 아들만 여덟을 낳고 딸도 하나 못 낳았는지 모르겠다"라고 한탄을 하시더니 오늘은 또 아들 타령이시다.

조그만 채소밭과 잔디밭이 있는 양평 전원주택에 오니
옛날 시골 생활이 생각나시는지 너무 좋아하신다.

두 분이 하시는 이런저런 이야기를 듣다 보니 3시간쯤 걸려 5시에 양평농원에 도착했다.

자동차에서 내려 산 밑에 있는 조그만 농원 마당에 들어서자 동네가 훤하게 내려다보이고 저 멀리 용문산의 작은 산들이 겹겹이 보이는 등 가슴이 탁 트여 시원하시단다.

시골 출신인 두 어머니는 우선 푸른 전원이라서 좋단다. 이리저리 집 구경을 하시고 황토방에 군불을 지피는 것도 좋으시단다.

어머니는 새로 지은 집에 처음 오셨다면서 돈을 주시면서 화장지와 풍풍을 사 오라고 재촉하신다. 장모님도 덩달아 돈을 주신

양평농원 황토집 전경

다. 저녁을 먹고 사 오겠다고 하니 그러라고 하신다. 밭에서 상추를 뜯어 상추 겉절이와 된장찌개로 간단히 저녁을 드리고 두 어머니가 주신 돈으로 화장지 등과 반찬거리를 사러 농협 마트에 가서 어머니들이 드실 바나나, 만두, 빵과 화장지, 퐁퐁 등 생필품을 샀다.

어머니는 화장지를 황토방과 게스트하우스[6]에 던지면서 아들이 잘되라고 축원을 하신다. 옛날부터 정안수를 떠 놓고 기도를 자주 하셔서 입에서 기도가 술술 나온다. 저녁을 일찍 드시고 양치질을 한 후 8시가 좀 지나자 이불 속으로 들어가신다. 군불을 땠더니만 따뜻하다고 좋아하신다. 대구 처가에서 가져온 요강[7]을 방에 넣어 드리고 잠자리를 봐드렸다.

잘 도착했다고 대구에 전화를 드리니 형수님은 우리가 올라오고 난 후 관리사무소를 방문하여 박카스와 요구르트, 과일, 담배 등을 사서 어머니를 업고 내려오신 데 대해 감사 인사를 드렸단다. 평소에도 어머니는 집을 잘 찾지 못한다든지 하는 등의 일로 관리사무소의 도움을 자주 받고 계셨단다.

---

6 양평농원은 2층 황토집과 게스트하우스로 되어 있는데 황토집 1층은 6평으로 온돌방과 화장실과 부엌이 있고, 2층은 방 1칸으로 4평이다. 게스트하우스는 컨테이너로 지어진 집으로 4.5평이다. 황토집 앞에는 전망이 훤하게 내려다보이는 넓은 테라스가 있고, 황토집과 게스트하우스 사이는 농기구를 두는 창고와 보일러가 있다. 마당에는 잔디가 심겨 있으며, 마당 앞 밭에는 복분자, 블루베리, 아로니아가 70여 그루 심겨 있다. 집 옆에는 상추와 토마토, 부추 등이 자라고 있는 조그만 텃밭이 있으며, 경사진 면에는 대추나무, 매실나무, 보리수, 복숭아 등 유실수가 심겨져 있다.

7 방에 두고 오줌을 누는 그릇. 놋쇠나 양은, 사기 따위로 작은 단지처럼 만든다.

오늘은 아침에 서울을 출발해서 대구에서 장모님과 어머니를 모시고 양평까지 오는 강행군을 했다. 많이 피곤하다. 그러나 뿌듯하다. 두 어머니를 모셔 와서 그런가. 내일부터 또 어떤 해프닝이 벌어질지 궁금하다.

농원 테라스에서 본 전망. 왼쪽에 유명산 줄기가 보이고 오른쪽 저 멀리 백운봉이 보인다

둘째 날

이틀 만에 어머니에게 큰소리를 쳐 버렸다

2018년 5월 16일 수요일, 비옴

두 어머니는 오랜만에 시골 전원에 오시니
너무 좋아하신다.

아침에 눈을 뜨니 비 오는 소리가 들린다. '오랜만에 두 어머니
가 오셨는데 날씨가 좋아야 할 텐데' 하는 생각에 걱정이 앞선다.
새벽 잠결에 테라스에 지팡이 짚고 다니는 소리가 나는 것을 보니
장모님께서 벌써 일어나서 운동하시는 것 같다.

7시 반경에 일어나 안방에 들어가 보니 두 분 모두 주무신다. 새
벽 일찍 일어났다 다시 주무시는 모양이다. 이슬비가 부슬부슬 내
린다. 경희가 아침을 준비한다. 어머니는 9시가 다 되어 가는데도
아직도 일어나지 않으신다. 식사하시라고 하니 겨우 일어나시면서
오랜만에 잠을 잘 잤다고 몇 번이나 이야기하신다.

군불을 지핀 황토방에서 뜨뜻하게 잘 주무신 모양이다. 경희가

아침을 준비하여 테라스에 있는 야외 테이블에 식사를 차렸다. 1식 4찬이다. 소고깃국에 반찬은 시금치무침, 고등어조림, 달걀부침, 두부조림이다. 맛있게 잘 드신다. 아침이 늦어서인지 달걀부침 하나와 고등어조림 한 토막을 다 드시고 소고깃국도 국물까지 모두 다 마신다. 잘 드시니까 기분이 좋다. 밥이 조금 부족한 것이 아닌가 하는 생각이 들 정도다.

장모님은 틀니를 거우 끼우고 식사를 하시는데 자꾸 빠진다. 할 수 없어 틀니를 빼 놓고 식사를 하셨다. '이가 없으면 잇몸으로 먹는다'는 옛말이 딱 맞는다. 비가 부슬부슬 내리는 가운데 커피를 한잔하자고 하니까 장모님은 좋다고 하시는데 어머니는 커피 마시면 잠이 안 온다며 마시지 않으려고 하신다. 장모님이 아침에 드시는 커피는 관계없다니까 마지못해 커피를 드신다. 다 드시고 난 다음에는 참 맛있단다.

농원 잔디밭에서 담소하시는 두 어머니

느긋하게 커피를 마시면서 어제저녁에 구운 군고구마를 드리니까 두 노인의 사설이 늘어지신다. 장모님은 친정 이야기를 하신다. 장모님 친정은 잘 사셨단다. 그래서 장모님 아버지께서 사서삼경을 다 배우시고는 일제강점기 때 일본으로 유학을 가셨단다. 장모님인 딸 하나만 낳고 가셨는데 관동대지진 때 돌아가셨단다.

그 이후에 집에서 한문공부는 했지만, 일본 글은 배우면 안 된다고 하여 학교에 다니지 않았단다. 장모님은 9살 때 어머니로부터 한글을 배우셨는데 그때부터 사돈지(査頓紙)[8]나 문안지(問安紙)[9] 등을 배워 16세부터는 온 동네 사돈지를 장모님이 다 쓰셨단다. 또 시집간 이야기와 어릴 때 자식들 공부시킨 이야기 등을 하시면서 자식과 손자들이 모두 머리가 좋아 공부를 잘했다며 자랑을 하신다. 또 얼마 전에 집안 산소 자리를 잘 마련하여 그 이후 자식들이 잘 풀린다고 이야기하신다.

또 어머니는 뜨뜻한 방에서 잠을 잘 잤다면서 그동안 생활한 이야기를 하신다. 큰 며느리는 복이 많아 며느리도 잘 봤으며, 아들은 외국에 가서 돈을 잘 번단다. 딸도 잘 치워서 아들딸을 낳았으며, 사위도 잘 봤다고 자랑을 하신다.

---

8 새신랑이 신부집에서 대례(大禮)를 올리고 본가(本家)로 갈 때 신부 어머니는 사위상으로 차린 음식을 사돈집으로 보낸다. 이때 신부 어머니가 자신의 딸이 여러 가지로 부족한 점이 많지만 앞으로 잘 가르쳐 주기를 간곡히 부탁하며 적어 보내는 편지를 말한다.
9 혼례를 치른 신부가 신행 전에 시가(媤家) 어른들에게 올리는 안부 편지. 문안지를 쓰게 되는 것은 혼례 후에도 일정 기간 친정에 머무르다가 시집으로 가는 습속 때문인데, 문안지의 대상은 시조부모·시부모·시숙·시고모·시외조부모·시외숙·시이모 등이다.

한참 동안 이야기를 하는데 번개와 천둥이 치며 소나기가 내리다가 그친다. 비가 그치자 잔디밭에 풀을 뽑았다. 최근에 비가 자주 온 데다 내가 다리를 다쳐 잔디밭 관리를 하지 않아 잡초가 잔디밭에 무성하다. 우리가 잡초를 뽑으니까 두 노인도 지팡이를 짚고, 또 보행기를 끌면서 잡초를 뽑는다. 시간이 지나자 그 많던 잡초도 차츰 사라진다.

점심을 먹으러 중미산 정상에 있는 칼국수 집에 가기로 했는데 소나기가 쏟아지는 관계로 떡국을 끓였다. 떡국도 금방 한 그릇 뚝딱하신다. 경희가 멸칫국물에 떡국을 끓였더니 맛있었던 모양이다.

환경에 조금 익숙해지니
엄마의 잔소리가 시작된다.

두 어머니는 서로 간에 서먹서먹한 분위기도 어느 정도 해소되고 시간이 조금 지나자 특유의 잔소리를 하신다. 특히 우리 어머니는 온갖 이야기를 다 하신다. 어제는 나와 함께 양평으로 가지 않겠다고 그렇게 이야기하시더니 조금 분위기에 적응이 되자 부모로서 자식에 대한 간섭이 시작된 것이다.

내가 골절[10]을 당하여 다리를 좀 절고 다니니까 왜 병원에 안 가느냐, 빨리 고치지 않으면 안 된다, 집 처마는 좀 더 길게 내었으면 비가 와도 물이 튀지를 않을 텐데 왜 너무 짧게 했느냐, 방 안의 커튼은 아래위로 움직이게 하는 것보다 좌우로 움직이게 하는 것이 난방에 더 좋은데 왜 이렇게 했느냐, 군불을 땔 때는 꼭 붙어 있어야지 불을 지펴 놓고 왜 왔다갔다하느냐, 비가 올 때는 모자를 쓰고 다녀야지 왜 그냥 다니느냐는 등 잔소리를 하신다.

아마 어머니 눈에는 어설프고 불안하여 마음에 안 드시는 모양이다. 가만히 듣고만 있으면 끝이 없다. 나도 한마디 한다. "이제 저도 환갑이 넘은 자식인데 잔소리 그만 하세요. 다 알아서 합니다"라고 큰 소리로 이야기하니 조금 주춤해지신다.

어머니를 수십 년 동안 모시고 사시는
처남 내외와 형수님이 생각난다.

이제 두 어머니를 모시고 온 지 이틀째인데 십여 년 이상 모시고 사시는 형수님은 어떨까. 또 98세나 되신 장모님을 모시고 사

---

10 2017년 11월 국선도를 하던 중 허벅지 뼈가 부러지는 사고를 당하여 철판을 대고 뼈에 피스를 박는 수술을 한 뒤로 아직 절뚝거린다.

는 처남과 처남댁은 그동안 어떻게 지냈을까 하는 생각이 든다. 가끔 명절 때 형수님 댁과 처가에 들르면 어머니와 장모님에게 싫은 소리를 하는 것을 보고 좀 참으면 될 텐데 왜 저러실까 하는 생각을 했었는데….

나는 이틀 만에 어머니에게 큰소리를 치고야 말았다. 큰소리를 치고 나니 옆에 게시는 장모님 뵙기에 민망하다. 형수님과 처남과 처남댁이 이해될 뿐 아니라 대단하다는 생각이 든다. 내일부터는 좀 더 참으면서 지내야겠다. 길어야 보름인데. 잔소리가 듣기 싫으면 대꾸를 하지 않더라도 큰소리를 치지 말아야겠다고 다짐해 본다.

떡국으로 점심을 먹고 좀 쉬다 어머니께서 왜 다리를 절면서 병원에 안 가느냐고 재촉을 하셔서 양평 한화 콘도 입구 게르마니아 온천탕에 찜질욕을 하러 갔다. 경희가 열흘 정도 입장권을 한꺼번에 끊으면 좀 더 저렴할 거라고 하여 12장에 5만 원을 주고 표를 샀다. 1시간 정도 온탕에서 찜질하고 낮잠도 좀 잤더니만 훨씬 다리가 풀리는 것 같다.

어머니는 어제 사 온 휴지를 황토방과 게스트하우스에 던지면서 축원을 하셨는데 2층은 하지 않았다면서 비가 오는데도 2층에 올라가시겠다고 고집을 부리신다. 2층 철재 계단은 간격이 높은 데다 비가 와서 미끄럽고 어머니는 허리가 90도로 굽으서서 보행기를 밀고 다녀야 하는데 말이다. 나도 다리를 다쳐 혼가 가기 어려운 2층을 올라가시겠다는 어머니의 요구를 들어줄 수가 없다.

목욕을 다녀온 후 비가 멈추어 농원 주변의 잡초를 좀 잘랐다. 최근 며칠 동안 비가 많이 와서 잡초가 무성하다. 낫으로 좀 베고 나니 훨씬 보기가 좋지만 일을 하니 다친 다리가 뻑적지근하다.

5시가 좀 지나 군불을 지폈다. 비가 와서 눅눅하여 불을 때니 방이 뜨뜻해져서 아주 좋아하신다. 어제에 이어 오늘도 군불을 때니 어제의 온기가 아직 남아 있어 나무를 얼마 넣지 않아도 방이 빨리 따뜻해진다.

비가 와서 외출하지 않고 집에만 있으니 금방 또 식사 시간이다. 아침에 먹은 소고깃국과 달걀부침, 김치볶음, 상추겉절이, 참죽나물 장아찌로 반찬을 하여 저녁 식사를 한 후 두 노인에게 집에만 가만히 계시라고 당부를 해 놓고 반찬거리를 사기 위해 10분 거리에 있는 옥천농협 마트에 가서 쇠고기와 두부, 빵 등 반찬과 간식을 샀다.

황토방에 들어가 요강을 넣어 드리고 온도를 점검한 후 2층으로 올라가 오늘 하루를 정리한다. 오늘 어머니께 한 일을 반성하면서 시로 적어 본다.

우리 엄마

추석이나 설이나 명절 때만 찾아뵙던 어머니
어릴 적 추억 이야기하고
홀로된 형수님 좀 쉬시라고

보름 동안 양평으로 모셨다

걸음걸이가 어려워 테라스 위 의자에 앉아
아들의 행동 하나하나를 지켜보고 계시네
하루 이틀 지나자
환갑이 지난 아들이 아직도 어린애처럼 보이는가?

이것 해라
그것은 저리 치워라
왜 이렇게 했느냐
잔소리가 늘어나네

그렇게 보고 싶고 그리웠던 어머니와 함께 있건만
어머니의 잔소리에 점점 부아가 끓어오르네
드디어 "알아서 하고 있으니 잔소리 그만 하세요"라고
큰소리치며 화를 내고 마네
힘없는 어머니에게

나이 들고 허리가 굽어 보행기를 끌고서야
겨우 움직이시는 우리 엄마
아들의 큰소리에 먼 산을 바라보시네
나도 눈물이 나네

몇십 년 시어머니 모시고 사시는 형수님도 있는데
함께한 지 이틀도 지나지 않아

늙으신 어머니에게 큰소리치며 화를 내는 못난 자식

환갑이 지났으면 뭣하랴

나이를 헛먹었구나

어머니 말씀에 화부터 내는 어린아이일 뿐인데

셋째 날
자식들에게 의지하지 않고 살아야겠다고 다짐했다

2018년 5월 17일 목요일, 비 옴

낙뢰로 전차선이 단절되어
'가영시아' 수업시간에 지각했다.

새벽녘 번개와 천둥소리에 잠이 깨었다. 번개 불빛이 커튼을 처 놓았는데도 대낮처럼 환하게 비친다. 천둥소리가 잇달아 계속 들린다. 우리 집이 있는 골짜기 안 바로 지붕 위에서 들린다. '우르릉 쾅쾅쾅' 하는 천둥소리를 이렇게 가까이에서 크게 듣기는 처음이다. 한참 동안 천둥소리와 번개 빛이 대낮처럼 환하게 비치면서 소나기가 억수로 퍼붓는다. 여름도 아닌 봄에 무슨 비가 이틀이나 계속 퍼붓는 것인지 알 수 없다.

오늘은 '가영시아' 수업이 있는 날이다. 그래서 6시 반에 시계 알람을 맞춰 놓았다. 세수하고 미역국으로 아침을 대신한 뒤 7시 반에 차를 몰고 집을 나섰다. 아신역에 도착하여 주차하는 사이 청량리로 가는 전철이 지나간다. 중앙선 전철이라 평일 아침 출근 시간에는 1시간에 3차례 정도 기차가 다니고 주말에는 2차례 정도로 뜸하게 다닌다. 금방 전철이 갔으니까 좀 기다려야 또 올 것이다.

주차를 하고 전철을 타러 에스컬레이터로 올라가는데 역무원이 어디 가느냐고 물어서 청량리 쪽으로 간다고 하니 오늘 새벽 번개로 전차선이 끊어지는 사고가 발생하여 예상보다 20분 정도 늦어질 거라고 이야기한다.

느긋하게 개찰구를 지나 탑승구역에서 기다리니 전철이 예상보다는 일찍 도착했다. 그런데 전철을 타자 기관사가 오늘 새벽 낙뢰로 전차선이 절단되는 사고가 발생하여 단선으로 기차와 전철이 운행됨에 따라 지연되고 있다며, 급한 용무가 있는 승객은 다른 교통편을 이용해 달라는 방송을 하면서 출발을 하지 않는다.

다른 방도가 없어 아신역에 정차한 전철 안에서 30분 정도를 기다렸다. 그렇게 출발한 전철은 느릿느릿 가더니만 다음 역에서 또 10여 분 이상 정차를 한 후 KTX와 화물차 등을 모두 통과시킨 뒤에야 출발을 한다. 이런 식으로 가다 서기를 반복하다 서울 시내에 들어서자 제대로 속력을 내며 달린다.

명동성당 가톨릭회관까지 2시간 정도를 생각하고 출발을 했는데 3시간 만에 도착했다. 벌써 수업은 시작하여 미사가 진행된 지 30분이 지난 시각이었다. 3시간이면 서울에서 대구까지 갈 시간이다. 너무 늦게 미사에 참석하여 성체를 모실 수가 없었다. 그래도 다음 수업에 참석할 수 있어 다행이다.

커피 한잔의 배려가
이렇게 따뜻한 온기로 되돌아올 줄이야.

지난번 수업시간에 일찍 온 자매님이 있어 커피를 한잔 사 드렸더니만 전철을 타고 가는데 그 자매님으로부터 문자가 온다. '9시 20분에 지하 커피숍으로 오세요. 커피를 사 드릴게요'라고 한다. 나는 도저히 시간이 안 될 것 같아 '오늘 경기도 양평에서 전철을 타고 가는데 새벽에 팔당역 부근 낙뢰로 전차선이 차단되어 교행 운행을 하는 관계로 많이 지연되어서 시간이 늦을 것 같네요. 다음에 시간 되면 뵈어요'라고 문자를 보냈다.

그랬더니 '천천히 오세요. 매주 만날 거니까. 오늘은 샌드위치도 준비했는데'라는 문자가 왔다. 그래서 '아유! 이를 어쩌나. 미안합니다. 미사 시간에 맞춰 갈 수 있을지 모르겠네요'라고 답장을 보냈더니 '편안히 오세요'라고 한다.

고맙다. 지난번에 커피 마시는데 마주쳐서 커피를 한잔 대접했을 뿐인데 샌드위치를 미리 준비해서 오셨다니 마음 씀씀이가 너무 예쁘다.

점심을 먹고 3시 반에 사진 두레 수업까지 마치고 걸어서 을지로3가역에서 전철을 타니 거의 3시 50분이 되었다. 양평으로 돌아올 때는 전철이 정상적으로 운행이 되었지만 덕소역에서 용문역으로 가는 전철을 바꿔 타느라 좀 기다렸더니 아신역에 왔을 때는 5시 반이 되었다.

집에 도착하니 벌써 경희는 저녁 준비를 거의 다 해 놓았다. 나는 비가 온종일 온 관계로 방 안이 눅눅하여 군불을 지폈다. 아직 어제 땐 군불의 온기가 완전히 가시지 않아 조금만 때어도 금방 뜨뜻해져 온다. 군불을 뜨뜻하게 때니 두 어르신께서 참 좋아하신다. 어머니는 뜨뜻한 방에 자니까 대상포진으로 아픈 허리가 많이 좋아졌다면서 더 좋아하신다.

장모님은 당뇨약을 드시고, 어머니는 대상포진약과 통증을 완화하기 위한 진통제, 혈압약을 한 움큼 아침저녁으로 드신다. 장모님의 틀니는 첫날보다는 잇몸에 붙어 있는 시간이 점차 길어진단다. 그러다가도 밥을 드시다 보면 또 떨어진다. 그러면 그냥 잇몸으로 식사를 하신다.

식사와 간식을 너무 맛있게 드셔서 감사하다.

경희에게 오늘 두 어르신께서 어떻게 지냈는지 알려 달라고 했더니만 사진을 찍어 카톡으로 보내 왔다. 아침은 미역국에 고등어조림, 시금치나물, 상추무침, 김치볶음, 가죽장아찌 등으로 드시고 커피 한잔을 하셨단다. 그리고 간식으로 팥빵 반 개를 드렸단다.

점심은 국수 한 그릇 드시고, 후식으로 바나나 1개, 또 오후 새참으로 사과 반 개를 드렸단다. 두 분 모두 본가에 계실 때에 비하면 많이 드시는 편이다.

온종일 비가 오락가락하여 날씨가 좀 쌀쌀했다. 수업을 마치고 오니 두 분이 방에 마주보고 누워 오순도순 이야기를 하고 계신다. 이야기하시는 모습이 참 정겹다. 사돈지간이지만 10살 차이다. 장모님이 위이시지만 정신은 더 또렷하다. 그에 비교하면 어머니는 세상 물정에 좀 어두운 편이다.

방에 마주 보고 누워 정답게 이야기하시는 두 분

저녁은 미역국에 소불고기, 김치볶음, 상추무침, 고등어조림, 시금치나물이다. 두 분 다 참 맛있게 드신다. 별 반찬이 없는데도 집 텃밭에서 뜯어온 상추무침에 비벼 미역국을 같이 드시니 보기가 좋다. 두 노인이 같이 식사를 하는 데다 경희의 정성이 깃들어서 맛이 나는 모양이다.

어머니는 소불고기를 해 드렸는데도 드시지 않고 "아들이 오늘 고생하고 왔으니 먹어라"라고 하신다. 내가 밥에 쇠고기를 얹어 드리면 아무 소리 않으시고 잘 드신다. 먹고 싶으신데도 아들을 생각하여 드시지 않는 것 같다. 90세가 다 되어 가는 노인이지만 환갑이 넘은 아들을 아직도 챙기는 모습을 보니 모정은 어쩔 수 없는 모양이다. 아마 천성에서 우러 나오는 것일 테다.

네 사람의 노래 경연이 벌어지다.

경희가 식사하다가 두 어머니는 자기에게 돈을 만 원씩 주서야 한단다. 왜 그러냐고 물어보았더니 오늘 두 어머니 귀를 후볐는데 귀지가 엄청 큰 것이 많이 나왔단다. 식사를 마치고 식사 후 기도를 드렸더니만 장모님은 '주님의 기도'를 외우신다. 더듬더듬하시지만 다 외우신다. 몇 년 전 병원에 입원했을 때 곧 돌아가실 것 같아 병자성사를 받으시면서 '글라라'라는 본명을 얻고 기도문을 외우기 시작하셨는데 다 외우셨단다. 그리고 매일 오 남매 자식들이 건강하고 오래 살도록 기도를 하신단다.

식사를 하시고 난 다음 두 어르신은 약을 챙겨 드시는 것이 제일 먼저다. 어머니는 대상포진약 한 움큼과 진통제와 혈압약을, 장모님은 당뇨약과 심장약을 드신다. 장모님은 하루분 약을 주머니에 넣어 두시고는 식사를 한 다음 그 자리에서 약을 드시는 데 비해, 어머니는 약봉지를 주무시는 방에 놓아 두셨다가 불편한 몸을 이끌고 거의 기어가다시피 하여 가서서 약을 드신다. 즉, 장모님은 상당히 효율적으로 생활하시는 데 비해 어머니는 그렇지 못하시다.

약을 드시고는 좀 심심하신지 테라스로 나와 의자에 앉으신다. 보일러에 넣어둔 군고구마 2개가 잘 익어 절반씩 드렸더니 맛있게 잘 드신다. 간식으로 빵과 바나나 등을 드리면 모두 남기지 않고 참 잘 드신다. 이러는 두 분의 모습이 한편으로는 보기 좋으면서도 또 한편으로는 좀 측은한 생각이 든다.

우리야 보름이라는 한정된 시간 동안 모시는 관계로 잘해 드릴 수 있지만, 수십 년 동안 함께 사시는 분들이 항상 잘해 드린다는 것은 쉽지 않을 것이다. 나도 나이 들어서 자식들에게 의지하지 않고 독립적으로 살아야겠다는 생각이 든다. 자식에게 의지하게 되면 아무래도 자기 생각과는 관계없이 간섭을 받고 또 자식들을 힘들게 하니까 서로 짜증이 날 수 있을 것이다.

군고구마를 드시고 난 뒤 경희가 바람을 잡는다. 두 할머니에게 노래 한 곡조를 뽑으라고 한다. 장모님은 금방 노래가 나온다. 「청춘을 돌려다오」, 「앵두나무 우물가에」 등의 노래를 작사·작곡하여 부르신다. 어머니는 "우리 아들 다친 다리를 빨리 낫도록 해 주세요"라며 사설 조로 읊으신다.

경희도 「남행열차」, 「안동역에서」를 부르고, 나도 「님과 함께」, 「고래사냥」을 불렀다. 신명이 나니 경희는 잣술을 한잔하자고 한다. 잣술을 가져와서 각자 한잔씩 마시고 또 노래를 시작한다. 9시가 지나서야 홍이 시들해져 두 어르신은 방으로 들어가셨다. 오늘 하루도 무사히 끝났다.

사설 조의 노래를 신명나게 부르시는 두 어머니

넷째 날
그 예뻤던 어머니가 언제 어린아이가 되셨나

2018년 5월 18일 금요일, 비온 후 갬

어머니는 시집오기 전 일본에 유학한 재원이셨다.

아침 6시 반이 되자 안방 앞 테라스에서 지팡이 소리가 들린다. 장모님이 일어나 운동하는 소리다. 장모님은 참 규칙적이시다. 운동하기 위해 일어나서서는 날씨가 흐리니까 테라스에서 왔다갔다하신다. 운동하시다가 조금 있으시니까 또 방으로 들어가 문을 열어도 모를 정도로 주무신다. 7시 반이 되자 두 분 다 일어나신다.

8시쯤 게스트하우스에서 아침 식사를 하셨다. 청국장에 김치전과 두부부침, 밑반찬 2가지. 조그만 식탁에서 4명이 둘러앉아 말없이 밥을 먹는다. 어머니는 귀가 어두워 옆에 있어도 큰 소리로 이야기를 하지 않으면 거의 듣지 못하신다.

경희가 어머니 밥그릇에 밥을 좀 많이 담았더니만 그것을 나에게 주면서 좀 더 적은 내 밥그릇을 가져가신다. 나는 아침을 적게 먹기 때문에 그렇다며 그냥 드시라고 큰소리로 이야기해도 막무가내다. 자식을 더 많이 먹이고 싶은 모정의 발로인 듯하다. 어머니는 노인 특유의 구시렁구시렁 소리를 하며 식사를 하신다. 반찬이 있어도 개인 접시에 덜어 드리지 않으면 그냥 된장국만 드신다. 김치전을 접시에 얹어 드리면 드시고, 또 두부부침도 덜어 드려야지 드신다.

가까이에서 식사하시는 모습을 보니 참 어린아이 같다는 생각이 든다. 걸음걸이나 식사하시는 모습을 보면 4살 정도 어린아이의 행동보다 낫지 않아 보인다. 외손녀가 3살인데 외손녀보다 조금 나은 것 같으시다. 맛있게 드시는 모습을 보니 기쁘기도 하지만 또 한편으로는 참 측은하고 불쌍해 보이신다. 우리 어머니가 언제 이렇게 늙어 어린아이가 되었는가 생각하니 눈물이 맺힌다.

시집오기 전에는 일본에서 유학한 재원이었고, 젊었을 때는 동네에서 제일 예쁜 색시였으며, 16세에 시집와서는 행동거지가 빠르고 힘센 농사꾼이면서도 8형제를 모두 곱게 키우신 어머니였는데, 언제 나이가 들어 자식들의 보살핌 없이는 혼자서 생활하지 못하는 4살배기 어린아이가 되었는지. 인생무상이라는 말이 이런 것인가.

보름이라는 짧은 시간이지만 잘해 드려야겠다는 생각이 든다. 그렇다가도 어떨 때는 화가 나기도 한다. 부모님을 모시는 어떤 사람들이 노인과 한 지붕 밑에 같이 있는 것만으로도 싫다고 이야기하는 것을 들은 적이 있다. 그 당시에는 잘 몰랐는데 며칠을 같이 생활해 보니 알 것도 같다. 자기를 낳은 부모도 아닌 시어머니를 모시고 사는 형수님은 어떨까. '참 힘들겠구나' 하는 생각이 든다.

식사를 하고 있는데 바로 윗집에 사시는 박 사장 사모님께서 사과 등 각종 과일을 갈아 만든 주스를 한 통 갖고 오셨다. 두 어른이 오신다는 이야기를 지난주 일요일에 왔을 때 했더니만 두 분 드시라고 가지고 오신 것이다. 참 고맙다. 평소에도 가끔 우리가 온 것을 알면 식사에 초대하시고, 맛있는 것도 있으면 꼭 챙겨 주시고, 동네에서 농약을 친다든지 퇴비나 비료가 나오면 현지 농민 가격으로 챙겨 주신다. 이런 좋은 분과 이웃에 함께 사니 얼마나 좋은가.

두 노인, 모닝커피에 맛들이시다.

식사를 하고 주스를 마시고 나니 장모님께서 "오늘은 커피를 안주냐"라고 하신다. 장모님은 의사 표시를 잘하시니 참 좋다. 자리를 테라스로 옮겨 내가 커피를 탄다. 스틱으로 된 커피 믹스다. 장모님께서는 커피는 조 박사가 타 준다면서 또 좋아하신다. 이제 비구름이 좀 걷히는 분위기다. 어머니도 어제에 이어 커피를 맛있게 잘 드신다. 장모님이 하루 두 잔 정도 커피를 마시면 암도 걸리지 않고 좋다고 하시니 이제 두 번째로 커피를 마신다면서 잘 드신다.

경희는 원래 오른손 엄지손가락이 잘 구부러지지 않는 등 몸 상태가 좋지 않았는데 두 어머니가 오셔서 삼시 세끼 음식을 하다 보니 더 악화되었단다. 아침 설거지는 내가 했다. 장모님은 우리 두 사람이 의논 맞춰 잘한다며 기뻐하신다.

장모님은 대구에 계실 때 아침 9시 반이면 노인정에 가셔서 점심을 드시고 고스톱을 치고 놀다 낮잠을 조금 주무신 후 아파트 뒷마당을 산책하시는데 기분이 좋으면 끝까지 가고 몸 상태가 좀 안 좋으면 절반 정도만 가신단다. 그리고 5시면 퇴근하신다면서

아침 식사 후 커피와 간식을 드시는 두 어머니

노인정이 있어 참 좋다며 보배라고 하신다. 추울 때는 난방을 해 주고, 더울 때는 에어컨과 선풍기를 틀어 준다며 좋아하신다.

귀가 어두워 우리가 하는 이야기가 들리지 않는 어머니는 엉뚱하게 정원 나무에 농약 치고 거름 줄 때는 꼭 마스크를 끼고 하라고 하신다. 또 날씨가 좀 서늘하다면서 옷을 하나 더 입으라고 하신다. 오직 자식 걱정이다. 어머니가 하시는 말씀에 일일이 대꾸를 하면 스트레스를 받는다. 그냥 알았다고 하는 등 적당히 대응해야 한다. 또 추석이 지나면 독감 예방주사를 맞아야 감기 걸리지 않는다면서 꼭 맞으란다. 귀가 어두우니까 우리가 이야기하는 주제와는 전혀 다른 이야기를 하신다. 즉, 본인 생각과 하고 싶은 이야기를 하신다. 그렇지만 모두 자식이 걱정되어서 하는 이야기다.

오늘은 양평 장날이다. 양평장은 3일과 8일에 열린다. 날씨가 좋아지면 두 어머니를 모시고 시장에 나들이 가려고 했는데 계속 비가 오락가락하여 갈 수가 없다. 시장에 가면 어머니 지팡이도 사고, 보행기 브레이크가 고장 난 것도 수리하고, 또 다 떨어져 가는 어머니 진통제도 사야 한다.

조용한 시간을 이용하여
골절 치료를 위한 온천욕을 했다.

아침 식사를 마치고 시간 여유가 조금 생겨 양평 한화 콘도 입구에 있는 게르마니아 온천에 온천욕을 하러 갔다. 우리 마을 입구에 있어 차로 가면 2분 정도 거리다.

어머니께서 다리를 절뚝거리면서 왜 병원에 가지 않느냐고 생각날 때마다 성화를 부려 이야기하시기 전에 온천욕도 하고 다리를 좀 풀려고 들렀다. 6개월 전 새벽에 주민 센터에서 국선도를 하다 왼쪽 무릎 위 뼈가 부러져 119 구급차에 실려 중앙대학병원에서 철심을 넣는 수술을 하였는데 뼈는 다 붙었지만, 아직 무릎 굽히는 것이 잘 안 되어 걸음 걸을 때 조금 절뚝거린다.

지금은 치료는 받지 않고 재활 훈련을 하고 있다. 시간이 지나면 나을 것이다. 평일 오전이지만 온천탕에 사람들이 좀 있다. 온탕에 들어가 한참을 있다가 다리 구부리는 연습을 했다. 따뜻한 온천탕에서 하니까 좀 더 효과가 있는 것 같은 기분이다. 가능하면 하루 한 번씩 온천욕을 해야겠다는 생각이 든다.

온천욕을 다녀오자 경희가 두 어머니에게 간식으로 사과를 드렸다고 한다. 아침 식사를 한 후 커피를 마시고 조금 지나자 금방 점심시간이다. 온종일 집에 있으니까 삼시 세끼 식사하는 것이 일이다. 밥 먹고 돌아서면 또 식사할 시간이다. 연세 많은 노인이라 시간 맞춰 식사를 해야 한다.

두 어머니는 떡라면을
참 맛있게 드신다.

점심은 떡라면으로 하기로 하고 내가 라면을 끓었다. 경희도 라면은 내가 잘 끓인다면서 나보고 하란다. 물을 끓인 후 라면 3개에 떡국을 한 그릇 정도 넣고 끓이다가 파를 썰어 넣었다. 떡은 라면을 끓이다가 나중에 넣어야 하는데 경희가 라면과 같이 넣어야 한다고 해서 넣었더니 떡국이 확 퍼졌다.

두 어머니께 드릴 라면을 먼저 담고 나중에 우리 그릇에 담으니 우리 라면이 좀 적다. 어머니는 식탁에 앉자마자 내 라면 그릇을 보시더니만 내 그릇을 당겨 어머니 그릇의 라면을 옮겨 담는다. 나는 순간적으로 화가 나서 "어머니 그냥 드세요. 나는 이것으로 충분해요!"라며 소리를 질렀다. 그래도 어머니는 이야기하든 말든 옮겨 담는다.

자식 밥그릇의 양이 적으니 더 먹으라고 하는 것이다. 나는 순간적으로 큰소리 친 것이 후회가 된다. 큰소리치지 않기로 다짐까지 했는데… 오늘 벌써 두 번째 큰소리를 쳤다.

어머니와 장모님은 떡라면을 맛있게 드신다. 김치나 반찬도 안 드시고 후룩후룩 소리를 내며 잘 드신다. 떡라면이 입맛에 딱 맞아서 그런지 아니면 오랜만에 드시니 그런지 마지막 라면 한 가닥까지 다 드시고 국물도 마저 다 마신다.

비가 오락가락하니 좀 추우신 모양이다. 식사를 하고 황토방으로 들어가시더니 두 분이 나란히 마주보고 누워 무슨 내용인지는 모르지만 정답게 이야기를 하신다. 두 분의 모습이 참 보기 좋다. 나와 경희는 오후가 되자 비가 그치는 것 같아 화단 울타리에 심은 영산홍 나무의 키를 가지런히 자르고, 블루베리 나무의 죽은 가지를 잘라내는 한편, 쥐똥나무 울타리의 도로 쪽으로 튀어나온 가지를 잘랐다. 경희는 심어 놓은 취나물의 순을 뜯었고 나는 지난번에 가지치기한 잔가지를 한곳으로 모아 놓았다.

3일 동안 내리던 비는 이제 그쳤다. 햇살이 비친다. 오랜만에 보는 햇빛이라 반갑다. 벌써 군불을 땔 시각이다. 5시 좀 지나면 방에 불을 지펴야 한다. 두 노인이 뜨뜻한 방을 너무 좋아하셔서 날마다 군불을 지펴야 한다. 오래전에 잘랐던 엄나무 가지를 나무 밑에 그냥 두었더니 조금 변질되어 약용으로 쓸 수가 없을 것 같아 잘라서 군불 때는 데 사용했다.

갑자기 장모님께서 숨 쉬는 것이 어렵다며 고통을 호소하신다.

저녁 식사를 하려는데 장모님의 상태가 좋지 않아 보인다. 갑자기 한기가 돌면서 숨 쉬기가 힘들어지신단다. 식사도 하시지 않고 가만히 앉아 계시더니 조금씩 식사를 하시는데 평소의 절반밖에 안 드신다. 그래도 상태가 점차 좋아지신다니 다행이다. 양평에 계실 동안 별 탈 없이 잘 계셔야 할 텐데. 조금 걱정이 된다.

저녁을 먹고는 내가 설거지를 했다. 경희가 삼시 세끼 식사를 준비하느라 손을 많이 사용하여 아프단다. 내가 설거지한다고 어머니가 한소리 할 것 같지만, 사돈이 있으니까 그런지 아무 말씀을 안 하신다.

설거지를 끝내자 어머니께서 좀 앉으라고 하신다. 무슨 말씀을 하시려는지 정색을 하고 이야기를 한다. 아픈 다리를 빨리 낫도록 조치를 하란다. 그리고 손녀는 딸을 낳고 둘째로 아들을 임신했다는데 손자는 먼저 결혼했는데 아직도 자식을 낳지 않고 있다며 걱정을 하신다. 그러면서 손자에게 이야기하여 빨리 자식을 낳도록 하란다.

이러시는 어머니의 말씀에 갑자기 화가 나서 "내 자식은 내가 알아서 할 테니 그런 이야기는 그만 하세요. 한두 번도 아니고 몇 번을 이야기하세요!"라고 큰소리로 이야기를 했다. 큰소리를 하고는 또 후회를 한다.

나이가 들어도 자식에게 영향력을 행사하려는
욕구가 있어 잔소리를 하게 된단다.

　이제 손자 간섭은 아들과 며느리에게 맡겨 놓아야 하는데 매
번 관여하고 잔소리를 하신다. 또 모시느라 수고하는 며느리에게
고생한다는 말씀은 안 하시고 본인의 불편한 점이나 불만만 이
야기하신다. 귀도 어두워 큰소리로 이야기하지 않으면 소통이 안
되는 등 참 모시기 어려운 분이라는 생각이 든다.
　경희는 어머니가 자꾸 잔소리하시니까 장모님에게 빨리 모시고
황토방으로 들어가시라고 한다. 나이 들면 잔소리가 늘어나는 건
가. 노인들의 이런 현상을 '영향력의 욕구'라고 이야기하는 것을
들은 적이 있다. 즉, "길 건널 때 차 조심해라" 등과 같은 잔소리를
하는 것은 나이는 들었지만 자식들에게 어느 정도 영향력을 행사
하고픈 욕구가 있음을 나타내는 것이란다.
　이해가 간다. 나도 벌써 시아버지고 또 장인이 되니까 자식들이
하는 것을 보면 잔소리를 하고 싶을 때가 있다. 왠지 불안하고 성
에 차지 않으니까 안타까운 심정이 발동해서 노파심에 얘기해 보
지만 세대 차이가 나서 어쩔 수 없는 모양이다.
　내가 자식에게 잔소리하면 자식들도 "알아서 잘하는데 왜 잔
소리를 하세요!"라고 할 것이다. 이제 자식에게도 간섭하지 말아
야겠다. 그러나 잘못된 것을 보면 이야기를 해야지 지적을 하지
않으면 부모 된 본분을 망각하는 것 같은 생각이 든다. 참 이상

하다.

나는 부모로부터 잔소리 듣기를 싫어하면서 자식들에게는 잔소리를 하고 싶다. 아마 부모님들의 잔소리는 아무리 세월이 흘러도 어쩔 수 없는 모양이다.

보일러에 불을 지필 시각이다. 며칠 동안 연달아 보일러에 불 때는 것은 처음이다. 두 어른이 뜨뜻한 방을 좋아하시니까 아직은 불을 지펴야 한다. 집이 산 바로 아래쪽에 위치하고 있어서 해만 지면 쌀쌀해진다. 장작을 한참 넣다가 방 안에 들어와 방바닥의 온기를 측정해 보고 장작을 더 넣을 것인지 그만둘 것인지를 결정한다.

요즈음 평소 낮의 방 안 온도는 20도 내외다. 군불을 지폈을 때 방 안의 온도는 22~23도 정도가 된다. 방의 온도보다는 방바닥의 온기를 보고 측정한다. 방바닥이 따뜻해져 온다. 시간이 조금 지나면 더 따뜻해질 테니 됐다. 평안하게 주무시기를 바란다.

다섯째 날

늙었을 때를 대비해 좋은 추억이 필요하다

2018년 5월 19일 토요일, 청명하고 화창함

오랜만에 청명한 아침에 햇살이 비치니
너무 기분이 좋다.

아침에 일어나니 오랜만에 햇살이 비친다. 기분이 너무 좋다. 올봄에는 비가 자주 온 편이다. 며칠 동안 비가 와서 그런지 하늘이 구름 한 점 없이 깨끗하다. 앞뒤 좌우의 산들이 모두 푸르름을 자랑하듯이 멋진 모습으로 자태를 뽐낸다. 질퍽하던 잔디밭도 물기가 없어진 듯하다.

아침은 청국장을 넣은 된장국과 달걀부침, 김치부침개, 두부찌개, 김, 능개승마절임, 며칠 전에 담은 김치 등이다. 두 분 다 맛있게 잘 드신다. 특히 된장국이 맛있다며 국물까지 다 드신다. 장모님의 틀니가 식사 도중에 빠지지 않고 잘 붙어 있어 다행이다. 장모님의 틀니 때문에 대부분 음식을 부드러운 것으로 했다.

아침을 먹고 테라스 탁자로 이동하여 커피를 드신다. 오랜만에 날씨가 맑아 멀리 용문산의 백운봉이 보이고 유명산의 패러글라이딩 출발 능선이 선명하게 보인다. 좌우로 나지막한 산에 둘러싸여 있어 참 아늑하고 포근하다.

이런 풍경을 보며 커피를 마시니 분위기가 너무 멋지고 평온하다. 장모님과 어머니는 집터를 너무 잘 잡았다고 말씀하신다. 특히 장모님은 멀리까지 겹겹이 쌓인 산 능선이 보이는 것은 풍수지리상으로 부자가 될 곳이라면서 좋아하신다.

잔디밭으로 의자를 옮겨 놓고 두 분을 모델로 사진을 찍는다. 좋다며 활짝 웃는 자세를 취하신다. 사진 촬영을 마치고 경희는 그동안 두 어머니가 오실 것에 대비하여 아껴 두었던 상추밭으로 가서 상추를 딴다. 그사이 나는 설거지를 한다. 날씨가 좋으니 두 분은 골목으로 산책하러 나가셨다. 장모님은 지팡이를 짚고, 어머니는 허리를 꾸부린 채 보행기를 끌고 가신다. 시골길을 걸어 보시는 것도 참 오랜만일 것이다. 특히 어머니는 아파트에서 온종일 계시다가 잔디밭이 있는 시골에 와서 시원한 공기를 마시며 걸으니까 너무 좋으신 모양이다.

오늘은 장모님과 사이가 돈독한 처의 고종사촌 세 부부가 우리 집을 방문하기로 했다. 어른들 오신 것과는 별개로 오래전에 만나 점심을 같이하면서 날짜를 잡은 것이다. 손님을 맞이하기 위해 테라스와 방 청소를 하고 이불과 베개도 챙겨 본다.

골목을 산책하시는 두 분

급경사의 계단을 엉금엉금 기어서 올라오시다.

2층에 올라가서 방 청소를 하고 이불 등을 한참 정리하는데 어머니가 철재 계단으로 된 2층으로 올라오신다. 위험해서 깜짝 놀라 소리를 지르려다 오히려 더 위험할 것 같아 두고 보았더니 급경사의 계단 난간을 잡고 살금살금 기다시피 하여 올라오신다. 어머니는 며칠 전부터 2층에 올라가 보고 싶어 하셨다.

휴지를 사 오셔서 1층 방에 던지면서 아들 가족 건강하게 잘 살고 부자 되도록 해 달라는 축원을 하면서 2층 방에도 올라가 축원을 하겠다는 것을 위험해서 올라가지 못한다고 말렸는데 오늘은 아들이 2층으로 올라가는 것을 보고 가만히 뒤따라 올라오신 것이다.

위험한데 왜 올라오셨느냐고 큰 소리로 이야기하니까 대꾸는 안 하시고 문을 열고 가만히 이리저리 살펴보시고는 문을 닫는다. 휴지를 갖고 오시지 않아 축원은 드리지 못하시고 그냥 내려가신다. 2층이 어떻게 생겼는지 궁금하여 올라오신 모양이다. 내려가실 때도 가만히 두고 보니 난간을 잡고 엉금엉금 조심스럽게 내려가신다. 다리를 다쳐 계단을 잘 오르내리지 못하는 나보다 더 나으신 것 같다.

점심은 간단히 떡만둣국으로 했다. 떡국에 만두를 넣어 끓였는데 모두 맛있게 잘 드신다. 점심을 드시고는 방 안으로 들어가시더니 두 분이 마주보고 누워 이야기하신다. 귀도 어두운데도 두 분은 이야기가 잘 통하시는 모양이다. 오늘은 어머니가 주로 이야기하시고 장모님이 듣는다.

나이 드시니까
힘들고 고생했던 기억만 생각나시는 모양이다.

어머니는 10여 년 전에 대상포진이 걸리셔서 치료하신 이야기를 하신다. 대상포진이 걸리셨을 때 병원에서 입원하라고 하셨는데 자식들이 입원을 안 시켜 줘서 치료 기회를 놓치셨다고 하소연을 하신다. 처음에는 대수롭지 않게 생각해서 통원치료를 하셨는데, 대상포진이 걸리셨다고 주변 할머니들에게 이야기하니 '어느 병원이 용하다', '나는 어느 병원에서 치료해서 나았다'는 등의 이야기를 하셨단다. 그 말만 듣고 이 병원에서 얼마 동안 치료하다 차도가 없으니까 또 다른 사람이 이야기하는 병원으로 옮기고 하면서 집중적인 치료를 하지 못하셨다. 그 탓에 지금은 불치병이 되어서 가끔 통증이 찾아와 힘들다는 등의 이야기를 우는 목소리로 신세한탄하신다.

한 병원에서 꾸준히 치료하시라고 해도 다른 사람들이 어느 병원이 치료를 잘한다고 이야기하면 자식들의 이야기는 듣지 않고 고집스럽게 혼자 택시를 타고 병원을 찾아가신다. 며칠 다니다 차도가 없으면 또 주변에서 이야기하는 다른 병원을 찾아가는 식이다.

어머니는 이런 내용의 이야기를 들어줄 상대만 있으면 한탄 조로 이야기하신다. 그래서 지금도 계속 관련 약을 드시면서 저녁에 주무실 때는 진통제를 추가로 드신다.

또 시집와서 젊었을 때 밭 매고, 논일하고, 산에 가서 나무한 이야기 등 온갖 농사일 하시느라 고생한 이야기를 하신다. 평소에도 고생담을 이야기하시면 끝이 없다. 마주 누운 상태에서 장모님이 맞장구를 치며 들어 주시니까 장모님께 하소연하신다. 이런 이야기를 하실 때는 울먹이는 목소리가 나온다.

어머니가 장모님께 하시는 이야기를 들어 보면 연세가 든 뒤 이야기할 소재는 과거의 경험담 중에서도 고생하고 가슴 아팠던 일인 것 같다는 생각이 든다. 남자들이 만나면 군대 이야기를 하듯이, 지금 할머니 세대들은 배고프고 시집살이하던 이야기가 대부분인 모양이다.

나도 나이 들어 옛날이야기를 할 때 무슨 이야기를 할까 생각해 본다. 지금 생각에는 즐겁고 보람되고 가슴 뿌듯한 이야기가 많을 것 같다. 나중에 자식들에게 이야기할 때는 고생했던 이야기보다는 가슴 벅차게 즐거웠고 재미있었던 이야기를 많이 해 줘야겠다고 다짐하면서 관련 경험과 추억을 많이 만들어야겠다는 생각을 해 본다.

장모님은 처가 친척들의 방문으로 밤 깊는 줄 모르고 즐거워하신다.

점심을 먹고 손님맞이 준비를 하기 위해 옥천농협 마트로 가다 양평 읍내로 방향을 틀었다. 그동안 다리도 아픈데 좀 무리를 해서 그런지 왼쪽 아랫잇몸이 부어올라 약을 사야 할 것 같았기 때문이다.

어디로 갈까 하다 최근에 큰 규모로 새로 오픈한 롯데마트에 들렀다. 2, 3층은 주차장이고 1층은 각종 잡화 코너, 지하 1층은 식품 매장으로 되어 있는데 그 안에 커피숍과 미장원, 약국, 다이소 등도 있어 모든 볼일을 한곳에서 다 해결할 수 있도록 잘 되어 있다.

읍 소재지에 이런 규모의 마트가 들어서면 다른 매장에는 큰 타격이 될 것 같은 분위기다. 마침 약국이 있어 잇몸약도 샀다. 두 어르신이 드실 바나나, 두부, 떠 먹는 요구르트 등과 깻잎, 마늘 등 식료품을 사고 돼지고기는 옆에 있는 고기 전문점인 '11번가'에서 샀다.

3시 반쯤 집에 도착했는데 고경훈 처남 부부는 벌써 도착했다. 집에 와서 바비큐를 할 숯에 불을 붙이고 테라스 탁자에 수저를 놓고 채소 등을 준비하다 보니 이재영 형님과 조필제 처남 부부도 도착했다. 우리 4식구와 함께 모두 10명이다.

이재영 형님네는 가락시장에 들러 회를 2접시 사 오셨고, 고경훈 처남 내외는 수박과 일본 술과 포도주를 가져왔으며, 조필제 처남 부부는 수박과 맥주, 막걸리 등을 사 왔다. 우리는 돼지고기와 채소 등을 준비했다.

회를 먼저 먹으면서 돼지고기 삼겹살 바비큐를 구웠다. 10명이 술과 고기를 먹으며 재밌게 지난 이야기를 하느라 시간 가는 줄 모른다. 찾아온 손님 세 부부 모두 장모님이 외숙모가 되고 서로 간은 이종사촌 간이며 집사람에게는 고종 사촌인데 이종사촌 두 부부는 오늘 처음 만나는 사이다. 그동안 이모의 자식들인데도 한 번도 만나지 못한 것을 집사람이 주선하여 만난 것이다.

처남 부부 세 쌍이 방문하여 즐겁게 담소를 나눈다

　술을 마시며 안주로 회를 다 먹고 바비큐도 모자라지 않을 정도로 모두 푸짐하게 먹었다. 어린 시절에 외갓집에 갔던 이야기와 근황 등에 대해 끝도 없이 먹고 마시며 이야기를 나눈다.

　장모님도 좀 차가운 밤기운에도 불구하고 10시가 넘도록 조카들과 즐겁게 옛이야기를 하신다. 마지막으로 보일러에 구운 고구마와 수박 등 과일을 먹고는 찬 저녁 공기를 피해 군불을 지핀 보일러 앞에 모여 따뜻한 온기를 느끼며 이야기를 한다. 조필제 처남 부부가 내일 아침에 일이 있다며 11시경 떠나고 나머지는 더 정담을 나누었다. 그러다 여자들은 2층으로, 남자들은 게스트하우스로 가 잠을 잤다. 장모님도 늦게까지 이야기에 동참하여 옛이야기를 나누었다.

여섯째 날
구박받는 할아버지가 안 되려면 어떻게 해야 할까

2018년 5월 20일 일요일, 구름 조금 낀 후 갬

친척들과 신발 던지기 게임을 했다.

　게스트하우스에서 장정 셋이 잤는데 가구 때문에 방이 좁아 잠자리가 불편했다. 눈을 떠 밖을 보니 날이 훤하다. 2층의 여자 세 분은 따뜻하게 잘 잤단다. 일찍 일어난 여자들은 동네를 한 바퀴 산책하고 왔다.

　9시가 좀 지나 장모님과 어머니를 모시고 다 함께 양평 해장국집으로 아침을 먹으러 갔다. 해장국집에는 오늘 아침에도 손님이 많다. 이 집은 맛집이라고 소문이 나서 손님들이 항상 북적인다.

　어머니는 나보고 해장국 건더기를 건져가서 더 먹으란다. 나는 내 것도 많다며 안 가져 왔더니만 어머니는 어느 정도 드시더니 수저를 놓으신다. 나도 거의 다 먹었다며 숟가락을 놓았더니 아들이 정말로 배가 불러 더 먹지 않는다는 것을 알고는 놓았던 수저를 들고 해장국을 다시 드신다. 그리고는 국물까지도 다 마신다. 어머니는 국을 자식에게 더 먹이고 싶어 안 드신다고 하시다가 자식이 다 먹었다고 하니 다시 드신 것이다.

식사하고는 다시 집으로 와서 과일과 커피를 마시고 난 다음, 손님들이 오면 매번 하던 신발 던지기를 하였다. 신발 던지기는 마당 잔디밭 10여 미터 앞에 막대기로 표시해 놓고 발에 신발을 끼워 던져서 제일 근접한 사람 순으로 순위를 정하는 것이다. 6명이 1,000원씩 내놓고 1등은 3,000원, 2등은 2,000원, 3등은 1,000원씩 시상했다. 이어서 던지고 시상하기를 반복했다. 우리 부부가 잘하니까 코끼리 코를 하고 두 바퀴 돌고 난 다음 신발을 던지기로 하였다.

그렇게 해서 던져도 우리가 잘하니까 또 규정을 바꿔 코끼리 코를 하고 두 바퀴 돈 다음 눈을 감고 던지기로 했다. 그래도 우리가 잘해서 15,000원 정도 벌었다. 모두 새로운 게임에 재미있어했다. 이 게임으로 생긴 수입을 잃은 사람에게 골고루 나누어 드렸다. 아침과 간식을 먹어 배가 불렀기에 점심은 각자 해결하기로 하고 12시경에 헤어졌다.

한편 장모님은 식당에서 돌아와 숨이 차다며 의자에 앉아 머리를 숙인 채 한참을 있으시더니 조금 좋아진 것 같다고 하신다. 정말

숨이 차다며 고개를 숙이고 의자에 앉아 계시는 장모님

잘 계시다가 아무 일 없이 대구로 가셔야 할 텐데…. 걱정이 된다.

손님들이 가시고 난 다음, 마무리 청소와 설거지를 하였다. 어젯밤 잠을 잘 자지 못한 데다 손님을 치르고 난 다음이라 몸 상태도 좋지 않고 대단히 피곤하다. 점심 식사로 어른들에게 청국장과 달걀부침을 하여 드리고, 우리는 국 한 그릇으로 점심을 때웠다.

점심을 먹은 다음 동네 게르마니아 온천탕에 가서 다친 다리를 물에 담근 채 깜박 졸다 탕 속으로 쓰러질 뻔했다. 온천탕에서 30분 정도 낮잠을 잤더니만 개운하다. 1시간 30분 정도 욕탕에서 다리 굽히기 등을 하니 다리의 근육 통증이 좀 완화되는 기분이다.

즐겁고 행복한 추억을 많이 만들어야겠다는 생각을 하게 된다.

경희는 어제오늘 힘들었다며 동네 한 바퀴를 돌아보며 산책을 한 다음 저녁으로 간단히 만둣국을 했다.

어머니는 좀 부정적이시다. 왜 그런지 모르겠다. 사리판단도 많이 흐리시다. 젊었을 때는 발 빠르고, 힘도 세고, 참 예뻤는데 나이가 드니 희로애락에 대한 감정을 거의 느끼지 못하시는 것 같다. 기쁨과 즐거움에 대한 표정이 거의 없고 무표정하시거나 불만에 차 있으신 것 같아 안타깝다.

나와 어머니의 나이 차이는 24살이다. 나도 어머니 나이가 되었을 때는 어머니처럼 변해 있을까. 나는 그러지 않을 거라고 확신한다. 자식에 의존하지 않고 스스로 삶을 살아야 하고 또 그렇게 살아갈 것이다. 사실 이번 다리골절로 고생을 하기 전까지는 건강에는 자신이 있었는데 다치고 6개월이 지나니까 다시 전처럼 건강이 회복될 수 있을지 은근히 걱정된다.

어머니와 장모님을 모시는 것을 계기로 나의 노후를 생각해 보게 되었다. 그동안 말로만 그리고 피상적으로만 생각했었는데 연세 많은 두 분과 함께 생활하다 보니 나 스스로 생활할 수 없을 때 어떻게 해야 할지를 생각하게 해 보는 계기가 되었다. 80대 중반까지는 내 의지대로 활동할 수 있겠지만 그 이상의 나이가 되어 내 마음대로 할 수 없을 때 어떻게 살아야 할지를 생각해 봐야겠다.

그런 의미에서 장모님은 참 잘 사셨다. 98세의 연세에도 불구하고 아직도 정신이 또렷하고, 지팡이를 짚고 다니지만 걸을 수 있고, 항상 긍정적이고, 주위의 다른 사람에 대해 비난하거나 험담을 하지 않으시고 주로 좋은 점을 보고 칭찬을 하신다.

그렇지만 노인들은 자식들이 아직 철이 덜 들었다고 생각해서 그런지 아니면 본인들의 생각과 달라서 그런지 간섭을 하고 조언을 한다. 하지만 듣는 사람 처지에서는 필요 없는 잔소리로 들린다. 자식들은 잘하고 있다고 생각하는데 과거 자신들이 살아왔던 시절의 시각과 경험으로 한 세대 지난 지금의 자식들에게 이야기하니 잔소리로밖에 들리지 않는 것이다.

나이가 들면 세대 차이가 나는 후세들에게 자기의 시각에서 이야기하지 않는 것이 바람직할 것 같다. 그냥 칭찬하고 고맙다는 식의 격려 이야기만 하는 것이 좋을 것 같다. 더 이상의 이야기를 하면 자식들은 잔소리로만 들을 뿐이다.

98세의 장모님은 노인정에서 인기가 제일 좋으시다.

안방에 들어가니 어머니는 저녁을 드시고 양치질을 한 다음 그냥 잠자리에 누우신다. 장모님은 어제저녁 숨이 차서 거의 잠을 자지 못해 앉아 계셨단다. 그래서 낮잠을 좀 주무셨더니만 지금은 많이 좋아졌다면서 화투로 운세 풀이를 하신다.

장모님은 고스톱도 잘하신다. 집사람하고 둘이 하면 집사람이 매번 진다. 집사람은 점수 계산하는 것도 잘 모르는데 장모님은 능수능란하다. 어머니는 장모님의 이런 모습을 보고는 부러워하신다. 저 연세에 어떻게 잘하시느냐고.

그래서 장모님은 노인정에 가시면 인기가 좋단다. 연세가 제일 많은 어른인 데다, 노인정과 집이 제일 가까워 노인정 열쇠를 갖고 다니시면서 아침 9시 반에 제일 먼저 출근하시어 문을 열고, 저녁

5시에 퇴근하시면서 문을 잠그신다. 고스톱도 잘하시고 경우가 발라 옳은 말씀만 하신다. 또 눈치도 있으셔서 할 말 안 할 말을 가려 하신다. 시시비비도 잘 가리신다. 그래서 노인정에서는 교장 할머니로 통하신다. 처남이 교장 출신이라서 그런 점도 있지만 모든 행동도 교장 선생님처럼 바르셔서 그렇단다.

오늘의 일지를 정리하는데 잠이 쏟아진다. 어제저녁에 잠을 잘 자지 못한 데다, 손님 치른다고 불편한 몸으로 왔다갔다해서 그런지 엄청 피곤하다. 그만하고 자야겠다.

오랜만에 드라이브를 하는 등 바람을 쐤다

2018년 5월 21일 월요일, 맑음

귀가 어두워도 노인들 간에는
소통이 잘되는 것 같다.

어제는 2층 황토방에서 잠을 잤더니만 더욱 상쾌한 기분이다.
아침 7시 반에 일어나 보니 장모님은 숨이 차다며 일어나서서 테
라스 탁자에 앉아 계시고 어머니는 아직도 코를 골면서 주무신
다. 조금 있으니 경희가 들어오는데 아침 일찍 일어나 바로 옆 교
수마을에 산책하러 갔다가 온다고 한다.

오늘은 아주 화창한 날씨다. 어제 형님이 떠 온 회로 아침에 매
운탕을 끓었다. 경희가 아주 맛있게 잘 끓여서 장모님과 어머니가
잘 드신다. 두 분은 국만 맛있으면 거의 반찬을 안 드신다. 장모님
은 틀니가 맞지 않아 그냥 빼고 매운탕 국물에 말아서 김하고 드
신다. 어머니도 매운탕을 맛있게 드시면서도 반찬은 잘 드시지 않

다가 두부구이 등 반찬을 밥에 얹어 드리면 잘 드신다.

식사 뒤 두 분이 약을 드신 다음 경희가 떠 먹는 요구르트를 드시겠냐고 한다. 장모님은 배가 부르다고 드시지 않으시는데 어머니는 밥을 한 그릇 드시고도 두말하지 않고 하나를 다 드신다.

어느 때나 마찬가지로 식사를 하시고는 테라스 탁자로 나오셔서 짙푸른 먼 산과 녹음으로 둘러싸인 나무들을 보시면서 커피를 마신다. 또 경치가 좋아 마음에 드신단다. 이제 어머니도 커피믹스를 맛있게 드신다. 이렇게 드시다가 집에 가서도 커피 달라고 하시지는 않으실는지.

여러 마리의 새들이 잔디밭 앞 복분자 나무 속에서 자기들끼리 이야기하면서 이리저리 날아다닌다. 복분자는 아직 제대로 열리지도 않았는데. 아마 바로 옆 블루베리를 먹으러 왔다가 사람들의 인기척이 나니 우거진 복분자 숲속으로 잠시 피신을 간 모양이다.

두 분은 앉으시면 귀도 어두운데 이야기를 잘하신다. 대부분 옛날이야기다. 옛날에 고생했던 이야기와 자식과 손자들의 이야기다. 어머니가 어리광 조로 이야기를 하시면 장모님은 맞장구를 치시면서 이야기를 받아 주시다가도 잘못한 것에 관해서는 사리판단을 정확히 하셔서 지적하신다. 그러면 어머니는 또 "잘못했지요"라며 시인을 하신다. 두 분의 이야기를 듣고 있으면 끝이 없다. 사돈지간에 허물도 없고 참 재밌다.

햇볕이 좋아 오랜만에 이불을 널고,
양지바른 곳 의자에서
두 분이 바나나를 드시는 모습을 본다.
참 정겹다.

   고추와 토마토 모종 심은 지가 일주일이 넘어 채소밭으로 가서
지주를 세우고 끈으로 묶어 주었다. 또 오이가 타고 올라갈 지주
도 세웠다. 두 어머니는 지팡이와 보행기에 의지하여 가까이 와서
구경하시다가 코치를 하신다. 나는 그냥 못 들은 척 일을 한다. 정
원수로 심은 단풍나무를 보고는 '왜 밤나무나 대추나무를 심지
이런 쓸데없는 나무를 심었나?' 하는 등의 이야기이시다.

채소밭에서 일하는 모습을 구경하시는 두 어머니

경희는 햇볕이 좋아 이불을 테라스 난간에 널었다. 햇볕이 강하여 살균이 잘될 것 같은 느낌이 든다. 참 오랜만에 이불을 햇볕에 널어 본다. 도시에서 이불을 널어 말린다는 것은 참 어려운 일이다. 어린 시절 시골에서 햇볕이 좋으면 긴 빨랫줄 중간에 장대를 받쳐 놓고 이불을 널었던 장면이 생각난다. 그 당시는 특별한 소독 방법이 없으니까 햇볕에 말리는 것이 최고였다. 바로 옆집도 2층 테라스 난간에 이불을 널어 놓았다.

시간이 좀 지나 두 분에게 바나나 1개씩을 간식으로 드린다. 양지바른 의자에 앉아 바나나를 드시는 모습이 참 정겹고 천진스럽다.

그러고는 경희는 조금 있다가 나보고 사과와 참외를 먹으러 오란다. 사과 반쪽은 갈아서 장모님께 드리고 참외는 깎아 어머니께 드리니 두 분 다 맛있게 드신다.

햇살이 좋으니까 따뜻한 양지로 나오셔서 햇볕을 쬐신다. 햇살이 덥지 않으냐고 물으시니 따뜻하고 좋단다. 나이가 드시니까 추위를 많이 타시는 모양이다.

중미산 중턱에서 칼국수를 먹고
양평 읍내에 들러 오랜만에 드라이브를 했다.

   오늘 점심은 중미산 중턱에서 가건물 형태로 영업을 하는 '산들
바람'이라는 칼국수 집에 나들이할 겸 점심을 먹으러 가기로 했
다. 두 분 다 차를 타고 이동하는 데는 별 무리가 없을 뿐 아니라
좋아하신다.

   이 칼국수 집의 최고는 김치다. 아삭아삭한 게 정말 맛있다. 지
난번에 왔을 때 김치가 너무 맛있어서 아주머니께 어떻게 담가서
이렇게 맛있느냐며 방법을 좀 알려달라고 했더니만 그냥 보통 김
치 담그듯이 담근다면서 집에 큰 김치냉장고가 있어 수시로 담근
다고만 이야기를 한다. 영업비밀이라서 말하기 곤란한 모양이다.

   바지락 칼국수를 시켰다. 가격도 무척 저렴해 5천 원이다. 장모
님은 틀니가 빠져서 경희가 칼국수를 가위로 잘라 드렸다. 또 어
머니는 칼국수가 나오자 본인의 국수를 나에게 덜어 주시려고 해
서 그냥 드시라고 강력하게 이야기하시니 마지못해 드신다.

   이 칼국수 집은 김치가 일품인데 장모님은 틀니가 붙어 있지 않
아 김치를 드시지 않으시고, 어머니는 평소에도 김치를 별로 안
좋아하신다면서 잡숫지 않으신다. 칼국수는 아주 맛있게 드신다.
칼국수를 다 잡수시고 나서 국물에 남아 있는 칼국수와 김 부스
러기까지 모두 건져 드신다.

   처음에는 많다면서 나에게 덜어 주시려고 한 것은 아들에게 조

금이라도 더 주시려고 한 것이다. 옛날 못 먹던 시절의 자식에게 무엇이든지 더 먹이고 싶어 하던 습관이 몸에 밴 것 같다.

어머니는 차로 이동하는 도중에 장모님에게 점심때 먹은 칼국수가 너무 맛있었다면서 소변 때문에 국물까지 다 먹지 못했다고 이야기하신다.

읍내에서
장모님 신발과 어머니 진통제를 구입하다.

맛있게 먹고 양평 읍내로 갔다. 장모님 신발과 어머니 약도 사야 하고 보행기 브레이크 수리도 해야 하기 때문이다. 우리는 차에 타고 있는 동안 경희가 신발가게에 들어가 장모님 신발을 사왔다. 얼마나 오래 신으셨는지 신발 밑창이 거의 다 떨어져 나갔다. 차를 타는데도 밑창의 부스러기가 떨어진다.

약국에 가니 어머니 진통제는 의사 처방이 있어야 한다고 하여 기존에 드시던 진통제를 보여 준 뒤 비슷한 약효의 진통제를 샀다. 보행기 브레이크를 고치기 위해서 거리의 몇 사람에게 자전거 판매점이 어디에 있는지 물어봐도 모른단다. 차를 타고 이동하는 도중에 자전거 판매점이 보여 들어갔더니 보행기 브레이크는 처음 고쳐 보는 것이지만 한번 해 보겠단다. 그러면서 시간이 좀 걸리니 전화번호를 남겨 두고 가면 전화를 할 테니 그때 오라고 한다. 젊은 사람이 고쳐 주려는 마음 씀씀이가 고맙다.

시간이 남아 농협 하나로 마트에 가서 어른들 간식거리인 빵과 과일 등을 사고 읍내를 좀 돌아다니다 자전거 판매점에 와서 조금 기다렸더니 다 고쳤단다. 고맙다. 어머니는 보행기의 브레이크가 고장이 났는데도 그냥 밀고 다니면 되는데 왜 돈을 주고 고치느냐고 하신다. 내리막을 내려가실 때 브레이크가 없으면 위험한데도 말이다.

점심을 먹고 양평 읍내를 돌아다니다 집에 왔더니만 피곤해하신다. 테라스에 앉아 간식으로 사 온 빵을 드리니 어머니는 한 개를 금방 다 드시고, 장모님은 반 개만 드신다. 장모님은 또 숨이 차다며 한참 동안 힘들어하신다.

지난봄에 매실과 단풍나무 등을 전지하면서 생긴 가지들을 모아 두었는데 오늘 집 뒤 공터에서 태웠다. 부엌 장롱을 새것으로 바꾸면서 제거한 헌 장롱 등 사용하지 못하는 것과 주변의 지저분한 것도 같이 태웠다.

7시가 지나서 군불을 지펴야 한다. 오늘은 좀 늦었다. 어머니는 군불 때는 곳으로 오시더니 '불 때고는 아가리(보일러 아궁이 문)를 꼭 닫아야 한다', '우리가 대구로 내려가거든 이 방에는 불을 때지 말아라', '젖은 장갑을 불 가까이 널어라', '장작을 비 안 맞게 들여놓아라' 등 여러 이야기를 하신다. 하지 않아도 될 말씀인데. 어머니가 하시는 말에는 일일이 대꾸하기보다 알았다고 하고 그냥 지

나가야 한다. '가끔 보는 나한테도 이런 이야기를 하시는데 같이 모시고 사는 형수님은 어떠실까?' 하는 생각을 또 해 본다.

장모님과의 고스톱에서
딸과 사위가 판판이 깨졌다.

장모님은 방 안으로 가시더니 기침을 심하게 하신다. 또 숨이 차시는 모양이다. 잘은 모르지만, 장모님이 이제 육체적으로 많이 쇠약해지셔서 그런 것 같다는 생각이 든다. 손이나 발을 만져보니 뼈밖에 없다. 발도 많이 부어 있다. 내일은 장모님 상태와 관련하여 대구 처남과 이야기를 해 봐야겠다.

저녁은 심심하게 끓인 청국장국에 시금치와 고등어, 김 등이다. 장모님은 밥을 절반밖에 드시지 못하신다. 어머니는 청국장과 시금치를 중심으로 밥을 한 그릇 다 드신다. 어머니는 드리는 대로 다 드신다. 밥맛이 좋은 모양이다. 밥을 잘 드시니 허리는 구부러졌어도 아주 건강하신 편이다.

저녁을 먹은 다음 고스톱을 모르시는 어머니는 구경을 하시고 장모님과 경희와 나 3명이 고스톱을 했다. 경희는 며칠 동안 장모님과 둘이 고스톱을 하였으나 매번 장모님께 돈을 많이 잃었단다. 장모님은 고스톱을 잘 치신다. 화투 섞는 방법이나 나누어 주는

것 등의 자세가 우리와 다르다. 프로급이다. 오늘도 거의 2/3는 장
모님이 선을 잡으셨다. 10시까지 고스톱을 치다 피곤하여 그만두
었다.

장모님과 세 명이 고스톱을 하고 어머니는 구경하신다

PART 3

장모님이 입원을 하셨다

장모님이 응급차에 실려 가셨다

2018년 5월 22일 화요일, 흐린 후 비

사위는 백년손님이라
등이 굽은 절을 받아야 한단다.

아침 5시 정도 된 것 같은데 경희가 일어나 나가는 것 같다. 나는 7시쯤 일어나 내려가 보니 장모님은 방 안에 앉아 계시고 어머니는 코를 골면서 주무신다. 장모님은 호흡이 곤란하여 밤새 앉아 계셨단다. 누우면 숨쉬기가 더 어렵단다. 숨 쉬는 것이 힘들다가도 또 시간이 지나면 괜찮아지신단다.

경희가 아침에 일찍 일어난 것은 장모님이 걱정되었기 때문이다. 어제저녁 장모님의 상태가 안 좋아 신경을 쓰고 있었던 데다 평소 장모님이 아침 5시경 일어나시는데 오늘은 그 시각에 지팡이를 짚고 다니시는 소리가 들리지 않아 내려가 보느라 일찍 일어났단다. 장모님이 방 안에 계시는 것을 보고서야 동네 산책을 다녀왔단다.

8시쯤 아침을 드시는데 장모님은 평소의 절반밖에 드시지 못하신다. 그러면서 숨 쉬는 것을 고통스러워하신다. 아침을 먹고 테라스 탁자에 네 명이 둘러앉아 커피를 마시며 환담을 한다. 장모님은 사위는 백년손님이기 때문에 그냥 앉아서 절을 받으면 안 되고 등이 굽은 절을 받아야 한단다. 즉, 사위가 절을 할 때 받는 사람도 등을 굽혀 받아야 한단다. 사위가 박사가 됐으니 이제 조 박사라고 불러야 한다고 이야기한다. 그러면서 조 서방 같은 사람은 조선 천지에 없다고 칭찬을 하신다. 인물 좋은 사돈을 닮아 아들이 잘생겼다고 치켜세운다.

그러니까 어머니는 처음 시집왔을 때 화장을 하면 사촌 시누가 예쁘다고 시샘을 해서 화장을 하지 못했다면서 젊었을 때는 인물이 괜찮았다고 은근히 자랑하신다. 그동안 잠을 못 잔다고 커피를 일절 마시지 않았는데 아침에 드시면 잠도 잘 오고 좋다면서 커피를 홀짝홀짝 잘 마시신다. 또 이번에 올 때 며느리가 그냥 가면 흉본다면서 3만 원을 주고 파마를 해 주었단다. 나이를 먹어도 머리를 하니 보기가 좋단다. 머리에 파마가 잘 안 나와서 6시간이나 걸렸다는 등 이야기를 하신다.

경희는 내일 양평장이니까 엄마가 내 옷을 사줘야 한다고 농담을 한다. 그러니까 장모님은 "천지가 옷인데 뭐 하러 사냐. 포항 둘째 딸이 오라고 하지만 안 간다. 이제 어디 가면 병난다. 오늘은 어디 가지 말고 가만있어야 한다"라고 하신다.

숨 쉬는 것이 어려워진 장모님께서
응급차에 실려 가시면서 위급한 순간을 겪으셨다.

 커피를 마시고 조금 지나니 장모님의 상태가 점점 안 좋아지신
다. 숨쉬기가 어렵다고 하신다. 병원에 모시고 가 봐야 할 것 같아
서 준비를 하고 내 차에 태웠는데 더 힘들어하신다. 내 차로 모시
는 것은 안 될 것 같아 119 구급차를 불렀더니 10여 분 만에 도착
했다.
 구급대원들은 우리 집으로 오면서 장모님의 상태를 전화로 묻고
계속 체크한다. 장모님의 연세와 현재 상태, 과거의 병명 등에 관
해 물어본다. 장모님과 경희는 구급차를 타고 먼저 가고 나는 어
머니에게 집에 가만히 계시라고 이야기해 놓은 뒤 차를 몰고 구급
차를 뒤따라갔다.
 오늘은 부처님 오신 날로 휴일이라 8시 55분에 가까운 양평병원
을 향해 달렸다. 그런데 양평병원 응급실에서는 전화로 연세와 증
세 등을 듣더니 오시더라도 특별히 치료할 사항이 없다고 이야기
하는 모양이다. 그래서 양평에서 제일 가까운 서울 강동구 상일
동에 있는 강동경희대병원으로 방향을 돌렸다. 그런데 국수역에
가기 전에 구급차가 갑자기 신호등에 정차하더니만 유턴을 한다.
경희가 전화로, 장모님 혈압이 갑자기 200 이상 높아져 강동경희
대병원까지 가기가 힘들어 다시 양평병원으로 가기로 했단다.
 그래서 나도 다음 신호등에서 유턴하여 양평병원으로 갔다. 병

원에 도착했더니 9시 20분이다. 응급실에서 코에 산소 호흡기를 꽂고 혈압을 재 보니 180-113이다. 산소 호흡기를 끼고 좀 시간이 지나자 145-90으로 떨어진다. 엑스레이를 찍고 피검사를 하고 난 다음 12시 반경에 보니 혈압이 112-73으로 떨어졌고, 맥박은 85다. 의사 선생님은 폐부종으로 인해 폐에 물이 많이 차서 이뇨제를 투입하여 물을 빼야 한단다. 이뇨제를 투입하고 있는 동안 소변이 자주 나올 것이라며 장모님께 기저귀를 착용하시도록 했다.

휴일의 시골 병원 응급실은 무척 바쁘다. 의사 한 명에 간호사 두 명이 근무한다. 손가락을 다쳐서 온 사람은 의사가 상처 난 부위를 눌러 지혈을 하면서 꿰맨다. 또 한 여자 분도 손에 상처를 입어 마취를 하고 치료를 한다. 어린아이는 배가 아프다며 왔고, 한 아주머니는 머리가 어지럽다며 찾아왔다. 또 나이가 좀 많아 보이는 여자분은 자전거를 타다 넘어졌다며 일행과 함께 와서 어깨 통증을 호소한다. 당직 의사 한 분이 모든 환자를 돌보느라 무척 바쁘다.

장모님 상태가 위중하여
구급차로 대구로 이송하는 문제를 논의했다.

당직 의사는 장모님의 지금 상태로는 양평 집으로 돌아가기는 어렵단다. 입원을 하든지, 장모님의 연고지가 대구라고 하니 사설 구급차를 이용하여 대구로 이송하든지 결정하여 알려달란다. 그러면서 입원하더라도 연세가 많고 폐부종이 심하여 갑자기 위급한 상황이 발생할 수도 있으니까 그 점을 고려해야 한단다. 의사가 위급한 상황이 올 수도 있다는 이야기를 하니까 불안해진다. 본가도 아니고 양평 딸네 집에 다니러 와서 혹시 안 좋은 일이라도 발생하면 어떻게 할 것인가에 대해 생각해 본다.

경희와 상의하여 현재 상태로는 대구까지 구급차로 이동할 수 있고 혹시 긴급사항이 발생할 수도 있으니까 대구로 옮기는 것이 좋을 것 같다는 이야기를 하면서 대구 처남과 상의하여 결론을 내리기로 하고 통화를 했다.

처남은 전에도 이런 일이 가끔 있었던 데다 얼마 전 대구 달성군 논공에 계시는 처형 집에 갔을 때도 긴급 상황이 발생하여 병원에 갔던 전력이 있어서 그런지 양평병원에 며칠간 입원해서 경과를 본 후 다시 생각해 보자고 하신다. 처남이 위급하다고 빨리 대구로 모시자고 하면 구급차를 타고 3시간 이상 가야 하는데 그럴 경우 또 혼자 계시는 어머니는 어떻게 해야 할 것인지 대책이 없었는데 불행 중 다행이다.

장모님이 산소호흡기를 끼고
1인실에 입원하시다.

장모님이 위급한 환자인 관계로 2인실에 입원하기로 했으나 1인실과 가격이 1만 원밖에 차이가 없다면서 경희가 1인실에 입원을 시켰다.

나는 딸이 어릴 때 아파서 119 구급차에 실려 가 며칠 동안 입원해 있어도 별로 걱정이 되지 않았다. 경희가 간호사 출신이라 병원 일을 알아서 잘 처리하기 때문이다. 경희는 편찮으신 장모님이 걱정되어 울먹이면서도 병원 일을 침착하게 잘 처리한다.

병원에 가면서 바로 윗집에 계시는 박경식 사장님께 혼자 계시는 어머니를 좀 돌봐달라고 부탁을 했더니만 박 사장 사모님이 전화를 주셨다. 쑥떡을 해서 어머니를 찾아갔는데 혼자 계시는 노인이라 혹시 체하기라도 할까 봐 우려되어 드리기가 곤란해서 그냥 왔다고 하신다.

그 말을 듣고 나니 어머니 혼자 집에 오래 계시도록 하는 것이 걱정되어 양평해장국집에 들러 해장국 2인분을 사서 집으로 돌아왔다.

집에 오니 어머니는 방에 누워 계신다. 해장국 1인분만 데워서 가지고 온 밥으로 점심을 챙겨 드렸다. 그 사이 박 사장님이 오셔서 장모님이 입원하신 데 대해 걱정을 해 주신다. 그러면서 박 사장님 부부는 오늘 저녁에 두 할머니를 위해 닭백숙을 끓여 대접

하려고 했었는데 아쉽게 되었다며 빨리 완쾌하시기를 기원해 주셨다. 감사하다. 매번 도움을 많이 받는다.

경희가 병원에서 필요하다고 적어 준 이불, 칫솔, 치약, 수건, 화장품 등을 챙겼다. 어머니를 혼자 집에 계시게 하는 것이 위험할 수도 있을 것 같아 병원에 모시고 갔다. 비가 추적추적 내린다. 어머니는 보행기가 없으면 걷는 것이 몹시 어렵다. 급히 오느라고 보행기를 가져오지 않아 주차장에 내려 옆에서 부축해 겨우 병실까지 모시고 갔다.

장모님은 어제저녁 숨이 차 잠을 거의 주무시지 못하신 탓에 오늘은 계속 주무신다. 산소 호흡기를 끼고 이뇨제를 맞고 있어 움직이지를 못하니까 소변 줄도 연결하였다. 오늘은 휴일인 관계로 의사들이 출근하지 않아 특별히 치료하는 것 없이 기다리는 수밖에 없다. 한참을 기다리고 있는데 경희가 다리 치료하러 사우나에 다녀오라고 한다. 오는 길에 병원에 필요한 물품을 챙겨오란다.

동네에 있는 게르마니아 사우나에 갔다. 샤워를 하고 온탕에 들어갔더니 너무 졸려 평상에서 30분 정도 잠을 자고 나니 개운하다. 뜨뜻한 물에 들어가 왼쪽 무릎을 굽히는 운동을 했다. 좀 더 굽혀지는 것 같아 기분이 좋다. 1시간 반 정도 사우나를 하고 집에 와서 경희가 이야기한 물품을 챙기고 경희가 먹을 따뜻한 커피와 베지밀을 사서 병원에 갔다.

그동안 장모님은 저녁을 조금 드시고 일어나서서 이야기도 하시

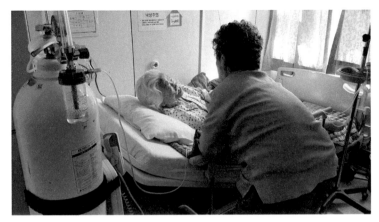
어머니가 문병을 가셔서 장모님과 이야기를 나누신다

고 계셨다. 좀 나아진 것 같아 안도감이 든다. 어머니는 빵을 하나 드셨단다. 경희는 환자용 밥을 좀 먹었다면서 커피와 함께 빵을 먹는다. 어머니가 오랫동안 병원 의자에 앉아 계셔서 피곤하신데다 저녁도 드셔야 할 것 같아 병원의 장모님은 경희에게 맡겨 놓고 어머니를 모시고 집으로 왔다.

곱디고운 어머니가
왜 이렇게 희로애락을 잃은
무표정한 노인이 되었을까
생각해 본다.

 어머니는 항상 무표정하다. 귀가 어두워서 그런지 좀 성난 것 같은 표정이다. 보행기 없이는 다른 사람이 옆에서 부축해 주지 않으면 엉금엉금 기다시피 걷는다. 그러나 식사는 잘하신다. 밥을 주시면 크게 한 숟가락씩 떠서 잘 드신다. 국만 주로 드시고 반찬은 밥에 얹어 드리거나 따로 담아 드리지 않으면 잘 안 드신다. 같이 식사를 하면 밥이 많다면서 나에게 밥을 덜어 주시려고 하는데 내가 강력히 거절하면 또 맛있게 다 드신다.

 내가 생각해 보면 어머니는 무슨 의미로 사는지 모르겠다. 삶이 무의미해 보인다. 마지못해 하루하루 연명하는 것처럼 보인다. 아마 일상생활이 변화가 없는 데다 귀가 어둡고 주로 혼자 계시니 그런 것이 아닌가 생각된다.

 그런데 또 건강은 무척 챙기신다. 대상포진약을 드셔야 하는데 빈속에 약을 먹으면 안 좋다면서 꼭 식사 후에 약을 드신다. 항상 아프다고 한탄은 하시지만, 가만히 보면 삶의 의지는 대단히 강하신 것 같다.

 어머니가 왜 이렇게 되었을까. 어머니는 젊어서는 8살 때 일본에 가서 공부하다 해방이 되어 15살에 한국으로 나오셨다. 요즈음으로 이야기하면 어린 시절에 외국물을 먹은, 소위 일본 유학파다. 귀국한 지 1년 만인 16세에 시집왔을 때는 동네에서 제일 예쁜 색시였단다. 7대 종손 집의 종부이셨고, 아들 8명을 낳아 기르셨다. 젊었을 땐 온갖 농사를 다 하고 참 고생도 많이 하셨던 분이다.

69세에 아버지와 사별하신 후 한동안 혼자 사셨다. 그러다 형님 내외분이 모셔 가서서 함께 사시다가 큰아들이 먼저 저세상으로 가자 지금까지 며느리와 살고 계신다. 그 이후 연세가 드신 데다, 10여 년 전에 걸린 대상포진이 완치되지 않아 지금까지 약을 드시고 있으며 귀가 잘 들리지 않으시고 걸음걸이도 어려우시다. 건강뿐 아니라 정신적으로도 많이 쇠약해지신 것 같다. 너무 마음이 아프다.

나라도 잘 해드려야 하나 이런 어머니를 보고 있으면 화가 난다. 나이가 드시면 희로애락을 못 느끼시는가? 나도 늙으면 이렇게 될까? 나는 어머니처럼은 되지 않을 거라 지금은 자신한다. 또 나이 들어 늙고 병들면 어떻게 될지 모르겠지만….

막상 어머니와 함께 지낸 일주일 동안은 잘 모시지도 못하고 어머니에게 화를 내며 큰소리까지 치지 않았던가.

아무도 누구도 탓할 수 없을 것 같다. 귀가 어두워 알아듣지도 못하고 자식 눈치 보는 모습을 보면 안쓰럽다. 어머니에게 잘해드리자. 어머니 그동안 잘못했습니다. 용서하세요. 이 못난 자식을….

장모님 조속히 완쾌되시기를
기도해 본다.

좀 늦게 집에 도착하여 경희가 끓여 놓은 쇠고기채소죽에 물을 조금 붓고 다시 끓였다. 김과 밑반찬을 챙긴 뒤 저녁 드시라고 모시러 방으로 가니 벌써 잠옷 차림으로 이불 속에 들어가셨다. 저녁 드시라고 오시라 하니 밥이 없지 않으냐고 그러신다. 밥이 없는 것은 어떻게 아셨는지. 밥솥에 전기가 꺼진 것을 보고 아신 걸까. 밥을 준비해 놓았다고 하니 건너오신다. 쇠고기채소죽을 김하고 시금치하고 맛있게 드신다.

식사를 하신 다음 잔디밭에 있는 수돗가로 가서서 세수와 양치질을 하고는 이불 속으로 들어가시면서 오늘은 늦었으니 군불을 때지 말고 그냥 자란다. 내일 아침밥을 할 쌀을 씻어 밥솥에 안쳐 놓았다.

그래도 군불을 때 드려야 뜨듯하게 주무신다. 군불을 지피지 않으면 아직 추워서 안 된다. 늦은 저녁에 자식이 고생할까 봐 그러신다. 군불을 때다 보니 이웃사촌인 검은색 컨테이너 집 부인이 낮에 왔다가 볼일을 마치고 가는 길에 측백나무 사이로 차의 창문을 열고 인사를 한다. 참 오랜만에 만나는 것 같다. 우리는 일이 있어 보름 동안 여기서 산다고 이야기했다. 그 부인은 측백나무가 많이 자라 이제 집 내부가 보이지 않는다는 이야기를 하고는 잘 지내라면서 자동차를 몰고 간다.

장모님이 내일 되면 완쾌하셔서 다시 우리 집으로 오셨으면 좋겠다. 29일까지 예정대로 계시다가 내려가셔야 할 텐데. 테라스에서 멋지고 푸른 경치를 보면서 아침 식사 후 커피를 마셔야 할 텐데. 경희가 맛있게 지어 주는 밥을 드셔야 할 텐데. 다가오는 토요일에 올 예정인 외손자와 외손부를 만나야 할 텐데. 노량진에 있는 친정 동생도 우리 집에서 만나야 할 텐데…. 하느님, 이 모든 일이 성사될 수 있도록 글라라[11] 자매님께 건강을 주소서. 아멘.

---

[11] 장모님은 몇 년 전에도 대구 영남대병원에 입원하셨는데 거의 돌아가실 것 같아 수녀님을 급히 모셔서 병자성사를 받으시면서 '글라라'라는 세례명을 받으셨다.

아홉째 날

인생은 참 덧없구나

2018년 5월 23일 수요일, 맑음

옆집 사모님이 쇠고깃국을 끓여 오셨다.
진정한 이웃이라는 생각이 든다.

눈을 뜨니 화창한 아침이다. 반갑다. 일기예보에서는 오늘 오전까지 비가 온다고 했는데 예보가 틀려서 다행이다. 일어나 아래층으로 내려갔다. 비가 와서 테라스에 올려놓았던 어제 한 빨래를 아침 햇살이 너무 좋아 잔디밭에 내려놓았다.

어제저녁에 씻은 쌀을 압력밥솥에 안치고 스위치를 눌렀다. 그리고 그저께 사 놓은 양평해장국을 데웠다. 기본적인 반찬인 김과 양파장아찌 등으로 상을 차렸다. 어머니가 평소보다 이른 시각인 8시경에 일어나셔서 세수하고 같이 아침을 먹었다.

4명이 밥을 먹다가 어머니와 단둘이 앉아 밥을 먹으니 분위기도 가라앉고 밥맛도 없다. 밥을 거의 다 먹었는데 옆집 박 사장 사모님이 쇠고깃국과 나물을 가져오셨다. 감사하다.

장모님이 입원하셔서 집사람이 병원에 있는 것을 아시고 어머니를 위해 국과 반찬을 해 오신 것이다. 얼마나 감사한가. '어려울 때 도와주는 친구가 진짜 친구'라는 말이 있듯이 이런 분이 진정한 이웃이 아닌가 하는 생각이 든다. 평소에도 참 진심으로 대해 주셨는데 또 이런 호의를 베풀어 주시다니…. 요즘 같은 세상에 뵙기 어려운 귀한 분들이다.

아침 식사를 마치고 어머니께 커피를 한잔 타 드리자 커피를 마시면서 주차장 옆에 쌓여 있는 축산퇴비 포대를 발견하시고는 나무는 거름을 안 주어도 잘 자라는데 왜 고생하면서 거름을 주느냐고 이야기를 하신다.

그래서 내가 잘 알아서 하고 있으니 자꾸 이야기하지 마시고 또 한 번 한 이야기는 다시 하지 마시라고 귀에 대고 크게 이야기하니까 알겠다고 하신다.

경희가 장모님의 배변을 위해 사과를 좀 갈아 오라고 해서 사과 1개의 2/3를 갈아 작은 병에 담고 나머지는 쟁반에 담아 어머니께 드렸다. 그리고 경희 약을 챙기고 난 다음 어머니에게 절대로 집 밖으로 나가지 마시고 잔디밭에서 지내다가 잠이 오면 방에서 주무시라고 당부를 한 뒤 병원으로 갔다.

병원에 들어서니 외래진료를 하는 1층 복도에는 환자들로 발 디딜 틈이 없이 빼곡하다. 어제가 부처님 오신 날이었던 관계로 휴일이라 오늘 환자들이 더 많단다. 환자들 대부분이 시골이라서 그런지 나이가 많으신 노인들이다. 그리고 농사일을 하다 다치셨는지 정형외과 환자들이 많다. 농촌 현실을 그대로 보여 주는 것 같다.

꿈만 같았던 하룻밤, 장모님께서 기력을 회복했다.
위기는 넘긴 것 같아 다행이다.

병원에 도착하니 장모님은 조금 전에 식사하셨다는데도 사과 간 것을 드렸더니 2/3나 드신다. 어제저녁에는 특별히 불편한 데는 없었는데 뒤척이느라 잠을 잘 못 주무셔서 경희도 덩달아 잠을 잘 자지 못하였단다. 장모님 건강도 중요하지만 간호하는 경희 건강도 챙겨야 할 텐데 걱정이다. 양평에 오기 전부터 감기가 결려 완치가 안 되었는데, 두 어머니를 모시는 데다 또 장모님까지 입원하셔서 좋지 않은 상태가 지속되고 있다.

대구에 계시는 처남은 장모님의 상태가 걱정되어 수시로 전화를 한다. 또 처남댁도 고생이 많다는 인사를 하며 힘들면 간병인을 쓰라고 한단다. 치료비는 대구에 내려오면 다 지급하겠다는 것이다. 어제저녁에는 노량진에 계시는 처 외숙모가 아들과 며느리와 장손까지 데리고 문병을 오셨단다. 장모님이 편찮아서 입원했다는 이야기를 듣고는 곧바로 달려오신 것이다.

장모님은 이제 정신이 차려지는 모양이다. 어제 일을 생각하면

꿈만 같단다. 이제까지 잘 지내다 이런 일이 벌어지니 믿어지지 않는다고 하신다. 구급차를 타고 병원으로 가면서 혈압이 200까지 올라갈 때는 가슴이 찢어지는 고통이 느껴지며 숨이 넘어갈 것 같았는데 다시 살아나 이렇게 이야기를 하고 있으니 참 조화롭다고 하신다.

장모님은 코에 끼운 산소 줄은 별 효과가 없다면서 머리에 선글라스처럼 걸치고는 언제 퇴원하느냐고 물으신다. 조 서방이 오면 퇴원하는 줄 알았단다. 그래서 의사 선생님이 회진을 올 때 물어봐야 한다고 하니 수긍을 하신다. 그리고는 특유의 입담으로 재밌는 이야기를 하신다. 참 긍정적이시다. 그래서 장수하시는 건가.

장모님은 입원한 와중에도
'인간 칠십 고려장'의 유래를 설명하신다.

장모님은 옛날에 '인간 칠십 고려장'이라는 말이 있었다면서 고려장의 유래에 대해 말씀하신다.

옛날에는 부모가 아무리 건강하셔도 칠십이 넘으면 산속에 고려장을 했다고 한다. 그런데 어느 날 임금이 똑같은 말 두 마리 중 어미와 새끼를 구별하는 법과 굵기가 똑같은 나무토막 중 위와 아래를 구별하는 법, 커다란 코끼리의 무게를 어떻게 알 것인 가에 관해 물어보았다고 한다. 그런데 아무도 아는 사람이 없어 전국에 방을 붙였단다.

그래서 자식이 고려장을 한 어머니를 찾아가서 물어보았다. 어머니는 말에게 먹이를 주어서 먼저 먹는 말이 새끼라고 일러 주었다. 어미가 새끼를 먼저 먹이고 자기는 나중에 먹는단다. 또 나무 토막은 물에 담그면 윗부분이 위로 뜬다고 한다. 마지막으로 물 위의 배에다 코끼리를 태워 물에 잠긴 부분에 표시하고, 코끼리를 내린 후 표시된 곳까지 돌을 실은 후 돌의 무게를 달면 코끼리의 무게를 알 수 있다고 하였다.

자식은 임금 앞으로 가 그대로 답을 올렸다. 임금님은 어떻게 알았느냐고 물었다. 칠십 넘은 어머니가 알려 주었다고 하자 임금 은 이제부터는 칠십 넘었다고 고려장을 해서는 안 된다고 하였단 다. 그때부터 고려장 제도가 없어졌다고 말씀하신다.

그래서 내가 장모님은 너무 똑똑해서 100세가 되어도 고려장해 서는 안 되겠다고 하니 허허 웃으신다. 또 장모님은 지금껏 거짓말 을 해 본 적이 없는데 한번은 차표를 끊으려고 하는데 줄이 너무 길어 제대로 하면 해 넘기 전에는 안 될 것 같아 제일 앞에 있는 사람에게 찾아가 소변이 마려워서 그러는데 양보 좀 해 주면 안 되겠느냐고 이야기하니 내 앞에 서라고 하여 금방 차표를 끊었다 고 하신다. 그때 처음으로 거짓말을 했는데 필요할 때는 거짓말도 할 줄 알아야겠다고 말씀하신다.

점심 식사 시간이 되어 식사를 하고 계시는데 담당 주치의가 회진을 왔다. 몸 상태가 어제보다 좋아졌다고 하니 약의 강도를 좀 낮춰 준다. 장모님은 죽으로 된 음식을 1/3 정도만 드시고 배가 부르다며 안 드신다. 나는 점심시간이 되기 전에 병원 앞 식당과 슈퍼에서 낙지 덮밥 2인분과 컵라면 2개를 사 왔다. 경희는 낙지 덮밥을 먹고 나는 장모님이 남긴 죽으로 점심을 대신했다.

주치의가 회진하는 동안 외할머니가 입원했다는 이야기를 듣고 며느리인 유진이가 전화를 했다. 병원에서 병간호하느라 고생을 하신다는 이야기와 함께 이번 토요일에 아들인 규연이 하고 들르겠단다. 나름대로 바쁠 텐데 마음 씀씀이가 고맙다.

오랜만에 서울 집에 들러 밀린 볼일을 봤다.

서울에서 양평으로 온 지 일주일이 넘어서 집에 한번 들렀다 오기로 했다. 원래 목요일은 '가영시아' 수업이 있는 날이라 가톨릭회관에 갔다가 동네에 들러 볼일을 보려고 했는데 장모님 입원으로 어머니를 돌볼 사람이 없어서 내일 수업에는 결석하는 대신에 오늘 오후에 잠깐 서울 집에 들르기로 한 것이다.

양평 집에 혼자 계시는 어머니에게 가서 옆집에서 주신 쇠고깃국과 나물 그리고 김 등으로 점심을 챙겨 드렸더니 맛있게 드신다. 바나나 1개를 드리고 다른 곳으로 가시지 말라고 당부를 한 후 차를 몰고 출발했다. 어머니는 잘 다녀오라며 입구까지 나오셔서 손을 흔드신다.

서울 집에 들렀더니 경비아저씨가 우리 집 편지를 묶어서 보관하고 계시다가 주신다. 따로 챙겨 뒀다 주시니 감사하다.

서울에서 볼일을 다 마치고 양평으로 오는데 경희가 장모님이 식사를 거의 안 하셔서 대변이 잘 나오지 않아 병원에서 약을 처방받아 드셨다면서 바나나를 사 오라고 했다. 바나나를 사서 곧바로 병원으로 갔다. 오후에도 주치의가 회진을 돌았다면서 내일 엑스레이를 찍어 보자고 했단다.

많은 차도가 있어서 다행이다. 조속히 집으로 돌아가셔서 행복하게 남은 시간 잘 지내시다가 예정대로 내려가셔야 할 텐데. 마음속으로 두 어머니를 모시는 일이 중도에 끝나지 않도록 해 주실 것을 기도했다. 그동안 잘 지내시다가 구급차를 타고 갑자기 병원에 입원하시다니… 어제 일은 꿈만 같다.

저녁 시간이라 장모님이 병원 식사를 절반이나 남겨 점심때 사온 낙지 덮밥과 함께 비벼서 경희와 둘이 먹었다. 서울에 사는 처질녀가 할머니가 입원하고 있다니까 안부 전화를 하여 병원 위치를 묻는다. 문병을 올 모양이다.

집에 도착하자 차 소리를 듣고 어머니가 마당까지 보행기를 끌고 마중 나오신다. 온종일 혼자 계시니 심심했던 모양이다. 두 노인이 함께 계실 때는 사이좋게 산책도 하고 이야기도 하는 등 재있게 지내셨는데 한 분이 안 계시니까 적적하신 모양이다.

혼자 계시면서 해가 지니 빨래도 다 걷으셨단다. 점심때 남았던 국을 데우고 냉장고에 있는 양념한 돼지고기를 구웠다. 국에 들어간 고기가 질기다면서 건더기는 주지 말라고 하신다. 4명이 같이 식사를 하실 때는 맛있게 드시더니만 밥그릇을 다 비우시는데도 맛있게 드시지는 않으시는 것 같다. 상당히 외로워 보이신다.

어머니의 엉뚱한 궁금증을 해소시켜 드렸다.

군불을 지피려고 하는데 어머께서 군불을 다 넣고 할 이야기가 있으니까 좀 들어오란다. 무슨 할 이야기가 있으신가 짐작이 가지 않는다. 군불을 넣고 양치질을 한 다음 방에 들어가니 다른 때 같으면 벌써 이불 속으로 들어가셨을 텐데 아직까지 정좌를 하고 계신다.

"집을 짓는다고 하는데 어떻게 하여 3년이나 걸리느냐"라고 물으신다. 다른 사람들은 3개월만 하면 짓는데 왜 3년이 걸리느냐고 물으시는 것이다. 나는 아파트를 재건축하기 때문에 3년 정도 걸린다고 했더니만 주택을 짓는 것이 아니고 아파트를 짓느냐고 이야기를 하신다.

5년 전쯤에 서울 우리 집에 오셨을 때 복도식으로 된 아파트 2

층에 살았는데 그것을 주택으로 잘못 알고 계신 모양이다. 장모님하고 며칠 전에 아파트 재건축 이야기를 하시더니만 우리 집을 주택으로 알고 있었는데 다시 짓는 데 3년이 걸린다니까 상식적으로 너무 차이가 나서 물으시는 것이란다. 잘 설명을 해 드리니 이해를 하신다.

그렇지만 5년 전에 보름 동안이나 계셨던 곳인데 아파트를 단독으로 알고 계셨다는 것이 의아하다. 대구 남구 월성동으로 새로 이사하여 노인정에 처음 나가셨는데 다리가 불편하여 움직이는 것이 어려운 데다 귀가 어두워 들리지 않기 때문에 아무것도 않고 계시다 밥을 드리면 드시기만 하시니 이웃에 사시는 할머니가 형수님께 노인정의 노인들이 싫어한다면서 나오지 말라고 하셨단다. 그 이후로는 노인정에도 안 나가시고 온종일 혼자 집에만 계시다 보니 세상 물정을 너무 모르신다.

그래서 그런지 주변의 노인들이나 비슷한 또래의 사람들이 이야기하면 그것이 진실인 양 믿으시고, 가족들이 사실이 아니라고 이야기하여도 잘 듣지 않으신다. 그래서 가족들하고 가끔 티격태격하기도 한다.

장모님하고 이야기할 때 보면 선생님과 학생 정도의 차이가 난다. 장모님이 이야기하면 '아, 그래요?', '그렇지요' 등으로 수긍을 하지 본인 주장은 거의 없으시다.

경희의 병상 일기

엄마는 5시 30분에 기상하시어 맨손체조로 몸을 푸시고 규칙적인 생활을 하신다.

엄마가 오신 지 9일째 되는 날이다. 시어머니와 같이 오셔서 엄마와 단둘만 있는 시간은 생각처럼 잘 생기질 않았다. 98세의 어머니는 88세 시어머니의 온갖 푸념을 고개를 끄떡이며 다 들어 주신다.

우린 날마다 똑같은 내용으로 엄마께 이야기하시는 어머니께 그만하시라고 이야기를 하지만 우리 엄마는 "딸도 없으시고 들어줄 사람도 없어 외롭게 계시다 모처럼 나를 만나 이야기하시는데 그냥 둬라. 나는 힘들지 않다. 고개 끄떡이고 들어 주면 되는데. 나보다 시어머니께 잘해 드려라"라고 하신다. 또 엄마한테 한 수 배운다.

우리는 귀가 완전 어두우신 어머니께 "똑같은 얘기, 당신 아픈 얘기만 날마다 하시지 마세요!"라고 큰 소리로 이야기했는데. 옆에서 귀에다 대고 조금 크게 얘기하면 소통이 되는 걸 엄마를 통해 알게 되었다.

"사람은 모두 늙고 병들고 죽는 거다. 너희도 언젠가는 우리 같은 나이가 될 거다"라고 하신다.

몇십 년을 며느리와 함께 사시는 우리 엄마. 하지만 울 엄마는 올케를 칭찬하고 고맙다고 하시며 늘 장점을 보려고 하신다. 더구나 어른을 모시고 계시는 다른 집 며느리들 얘기를 들을 때면 우리 며느리 잘한다는 얘기를 많이 하신다.

대구에서 가져오신 요강은 내가 일어나기 전 새벽에 일어나시어 깨끗이 비워 닦아 놓으신다. 얼마나 깔끔하신지. 98세 노인에게 가능한 일일까?

아침 일과를 여쭤보니 밤에 잠이 깊이 들지 못하는데 그럴 때면 혼자 화투를 두시다가 하품 나면 누우시고 자다 깨기를 반복하신단다. 5시 30분경 기상하시어 자리에서 가벼운 맨손체조로 몸을 푸시고 7시 30분경 아침 식사.

9시 도시락 밥을 가지고 노인정에 출근하시어 문을 연 다음 난방 가동하고 노신다고 한다. 12시에 점심 도시락을 드시고 낮잠. 3시경 컨디션과 날씨 좋으면 아파트 뒤뜰 산책 후 5시 퇴근. 5시 30분에 저녁 식사.

이제껏 엄마한테서 남을 험담하는 소리를 단 한 번도 듣지 못했다. 항상 칭찬하고 장점을 보는 지혜로우신 우리 엄마. 나는 이런 엄마의 딸임이 항상 자랑스럽고 존경스럽다.

뭐든지 필요한 것이 없으시다던 엄마에게 이번에 모처럼 신발을 사 드렸다. 마침 신고 오신 구두 밑창이 닳아 있어서 얼마나 다행인지. 신발 신고 다니시며 딸 생각하시겠지.

엄마와 나눌 얘기도 많고 자문할 일도 많은데 심부전 폐부종이라니 믿기지 않는다. 산소 덕분인지 밤 동안 숨찬 증세는 없으시나 잠을 깊이 못 주무시고 1시간 간격으로 일어나신다. 아침 6시에 다리가 아프다고 하시다가 다시 곤히 잠드신다. 그런데도 맥박도 짚어 보고 가끔 엄마를 불러 본다.

엄마, 엄마. 아무리 불러도 좋은 이름. 어쩌면 더 부를 수 없는 이름이 될지도 모르겠다는 생각이 든다. 아침엔 힘내려고 일어나 세수하고 화장도 했는데 자꾸만 눈물이 난다. 엄마와 단둘만의 시간을 가지라고 하느님이 계획하신 걸까? 자다가 눈뜨시면 "너는 왜 자지 않고 내가 일어날 때마다 깨냐. 나 때문에 금쪽같은 딸과 사위가 고생이 많다"며 미안해하신다. 고우신 울 엄마. 영원토록 내 마음 한쪽에 자리 잡고 계시겠지? 예정대로 5월 29일 아버지 제사에 갈 수 있다면 얼마나 좋을까. 엄마 안 계시면 궁금한 건 누구에게 묻지? 지혜가 많으신 우리 엄마.

외가며 친가며 노인정이며 엄마는 가는 곳마다 많은 팬이 있다. 어젯밤에는 최고의 팬이신 팔순 외숙모께서 아들, 며느리, 손자를 데리고 양평병원까지 방문해 주셨다. 너무너무 고맙다. 엄마 안 계시면 얼마나 그리울까?

상상하기도 싫다. 글라라 어머니. 빠른 쾌유를 빌어 본다. 엄마 사랑해요. 오늘 병실 복도를 끝까지 세 번 걸으시고, 화장실을 4번 다녀오셨다.

열째 날

좋은 이웃을 둔 기쁨이 이렇게 클 줄이야

2018년 5월 24일 목요일, 맑음

어머니와 아들만 앉은 아침 밥상머리에는
침묵만 흐른다.

아침에 일어나 옆집에서 가져온 쇠고깃국을 데우고 새로운 반
찬으로 달걀부침을 하고 두부를 굽고 나물무침을 반찬으로 하
여 어머니와 둘이 마주보고 앉아 말없이 밥을 먹는다. 원래 말이
별로 없는 두 사람이 앉아 있는 데다, 장모님의 입원으로 분위기
가 가라앉아 있으니 할 말이 있을 리가 없다. 어머니는 평소와
비슷한 반찬인데도 별로 입에 안 맞는 모양이다. 한 그릇을 다
비우시는데도 맛있게 드시는 모습이 아니다. 집안 분위기 때문
인 것 같다.

이전과 마찬가지로 아침을 드시고 커피를 한잔 타 드리니 커피
는 잘 드신다. 장모님께 드릴 사과를 깎아 강판에 갈았다. 변비를

방지하기 위해 사과나 바나나 같은 과일을 드셔야 한다. 어머니에게는 바나나를 하나 드렸다. 장모님 것만 챙기면 또 속으로 화를 내실지 모르니까 세심하게 생각해서 행동해야 한다.

어제저녁에 오늘은 어머니도 병원에 가 보시겠다고 하셔서 옷을 입으시고 보행기를 차 트렁크에 실은 뒤 뒷좌석에 태워 드렸다. 안전띠를 매어 드리니 "뒷좌석은 안 메도 되는데" 하시면서도 가만히 계신다.

어머니는 장모님 입원으로
동병상련을 느끼시는 모양이다.

병원까지는 15분 정도 걸린다. 가까워서 그래도 다행이다. 병실에 들어가니 어머니는 이틀 만에 만난 사돈과 반갑게 손을 잡는다. 어머니는 겉으로 표현은 안 하시지만 재밌고 사이좋게 잘 지내시던 사돈이 갑자기 병원에 입원하셔서 큰 충격을 받으신 모양이다.

장모님이 입원하시고 난 이후부터는 밥맛을 잃으신 것 같았다. 식사량은 비슷했지만, 밥 드시는 모습이 침울하시고 억지로 드시는 것 같은 모습이셨다. 장모님과 같은 일이 언제 본인에게 닥칠지 알 수 없다는 불안감 같은 것도 느끼셨으리라 생각된다.

장모님은 어제보다도 상태가 많이 호전되셨다. 아침 일찍 엑스
레이를 찍으셨단다. 회진 때 주치의가 좋아지고 있어서 약 투입량
을 조금 더 줄이고 있다고 이야기했단다.

나는 집에 볼일이 있는 데다, 다리 치료를 할 필요가 있어 사우
나를 한 후 다시 병원에 오기로 하고 집으로 왔다. 집에 와서 전
에 창고로 사용하기 위해 컨테이너를 두었던 움푹 파인 곳에 채
소를 심기로 했다. 그래서 집 옆에 가져다 두었던 마사토를 손수
레에 실어 옮겼다. 거의 15번이나 흙을 옮겼더니 다리도 아프고
온몸은 땀으로 젖었다. 힘들었지만 평평하게 해 놓으니 보기도 좋
고 뿌듯하다.

옷을 갈아입고 사우나에 가서 다리 굽히
기를 해 봤다. 처음에는 잘 안 되더니만 자
꾸 하니 조금 더 굽혀지는 것 같아 기분이
좋다. 좀 더 굽혀지고 많이 걸어도 힘들지 않
아야 할 텐데 아직 불편하다. 사우나를 마치
고 병원에 가니 모두 점심 식사를 마쳤단다.
장모님은 죽을 드시고 어머니와 경희는 빵과
장모님이 남긴 음식으로 해결했단다. 나도 병
실에 있는 베지밀과 바나나 하나로 점심을
해결했다.

장모님과 어머니는 병실 복도를 세 바퀴나
돌면서 운동을 했단다. 두 분이 병실 복도 의

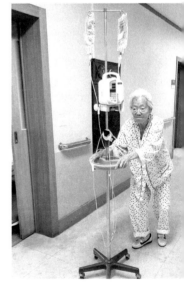

수액을 연결한 채 병원 복도
에서 운동하시는 장모님

자에 앉아 이야기하시는 모습의 사진을 찍었다. 나는 집에 어머니가 드실 반찬과 국이 없어 어머니를 모시고 경희와 함께 또 집으로 왔다. 어머니는 병실을 떠나며 장모님의 손을 꼭 잡고는 "잘 계시다가 얼른 집으로 오세요"라고 인사를 하신다. 동병상련을 느끼시는지 측은한 눈빛으로 바라보신다.

병원과 집을 오가며 두 어머니를 보살폈다.

집에 도착하여 어머니를 모셔 놓고 경희가 어머니 드실 국과 반찬을 만드는 사이, 나는 병실에 장모님께서 혼자 계시는 관계로 또 병원으로 갔다. 병실에 들어가니 의사 선생님과 간호사가 오후 회진을 다녀가셨단다. 회진 결과를 듣지 못해 간호사실에 갔더니만 상태가 호전되고 있어 약을 더 줄였다고 이야기한다.

1시간 반 정도 지나니까 경희가 반찬 준비를 마쳤다면서 데리러 오란다. 5시 반이 되니 환자 식사가 나와서 식사를 마치는 것도 보고, 소변보는 것까지 챙겨 드리고 집으로 왔다. 장모님은 저녁으로 나온 죽에 간장을 뿌려서 한 그릇 다 드신다. 많이 드셔야지 빨리 퇴원할 수 있다고 해서 그렇기도 하지만 식욕이 좀 생기신 것도 같다.

집에 와서 3명이 저녁을 먹었다. 어머니는 그동안 내가 차려줄 때는 맛없이 드시더니만 며느리가 반찬을 만들고 국도 새로 끓여서 드리니 맛있게 잘 드신다. 역시 식사 준비는 주부인 경희가 해야 맛이 있는 모양이다.

옆집 사모님은 어른 드리라며
또 삼계탕을 끓여 오셨다.

저녁을 거의 다 먹었는데 옆집 박 사장 사모님께서 어머니 드리라면서 삼계탕을 끓여 오셨다. 참 감사하다. 그저께는 쇠고깃국과 맛있게 버무린 나물을 주시더니만 오늘은 또 삼계탕을 가지고 오시다니. 박 사장 사모님은 동네일도 힘들어하시지 않고 솔선수범하여 잘 하신다. 좋은 이웃과 함께 사는 즐거움이 대단하다. 항상 부부가 봉사하고 나누면서 사시는 모습이 귀감이 된다.

저녁 식사를 마치고 어머니께 약을 드린 다음 어디 가시지 마시고 졸리면 방에 들어가서 주무시라고 이야기해 놓고 필요한 짐을 챙겨 경희와 함께 병원으로 갔다. 병원에 돌아왔더니만 장모님께서는 내가 가고 난 다음 소변이 마려워 두 번이나 간호사 호출 벨을 눌러 도움을 받아 화장실에 다녀오셨단다. 그래도 혼자 하시지 않고 간호사에게 도움을 받아 하신 것이 다행이다.

처조카인 현진이 내외가 병원을 방문하겠다고 하여 만나보고 갈까 했더니만 7시가 넘었는데도 아직 남편이 퇴근하지 않아 출발도 못 했다고 하여 만나고 가면 너무 늦을 것 같아 다시 집으로 향했다. 머리가 길어서 미장원에 들러 머리를 깎고 집에 오니 어머니는 벌써 주무신다. 장모님 계시는 병원에 들르느라 피곤하셨는지 방문을 열고 들어가도 모를 정도로 잠이 드셨다.

방바닥이 저녁이 되니 좀 썰렁하여 군불을 지폈다. 매일 군불을 때니 요즈음에는 장작을 그렇게 많이 넣지 않아도 금방 방에 훈기가 돈다. 나는 오늘 병원을 세 번이나 왔다 갔다 했더니만 몸살 기운이 나는 등 몸 상태가 별로 좋지가 않다. 빨리 자야 하는데 일지 정리한다고 시간이 걸린다.

경희의 병상 일기

엄마와 함께할 시간이 얼마나 남았을까? 사랑해요, 엄마.

어젯밤에는 좀 주무셨다고 하신다. 엄마가 잠들어 계신 것 같아도 혹시나 해서 불러 보고 쳐다보고 그러다 보니 어제도 잠을 설쳤다. 새벽에 일어나시어 집에서처럼 손발을 위로 들어 흔드는 운동을 하시고 소변을 보셨다. 코에 끼운 산소 줄만 없으면 좋겠다고 하신다.

오늘은 피검사를 하고 엑스레이를 찍었다. 퇴원해서 양평 집에서 고스톱 치고 계시다 무사히 대구로 가시도록 열심히 기도해야겠다. 9시 20분 회진. 걸어서 화장실 가시고 세수와 양치질을 하시곤 병원 복도를 좀 걸으셨다. 어제보다는 나으신 것 같은데 담당 의사는 폐 사진의 변화가 별로 없어서 좀 더 치료해야 한다고 하신다.

엄마는 사위와 딸이 귀하디귀한 금쪽같은 사람들인데 나 때문에 고생시킨다며 걱정하신다. 항상 당신보다는 자식과 이웃 걱정이시다. 이렇게 힘드신 가운데도 그 생각은 여전하시다.

주치의께서 소변 줄을 빼 주신다고 한다. 이뇨제를 쓰면 폐 기능은 좋아지는데, 신장 기능은 나빠진다고 하신다.

엄마와 함께할 시간이 얼마나 남았을까? 대단하신 우리 엄마. 엄마 같은 엄마는 정말 이 세상에 없을 거야. 다시 태어나도 내 엄마로, 나는 엄마의 딸로 태어나고 싶다. 사랑해요, 엄마.

아침 점심 죽 반 공기. 저녁은 한 공기. 오전 3회 오후 3회 병원 복도 걷기. 어머님 문병 다녀가심. 운동 때는 두 분이 같이 운동하심. 저녁 9시, 조카와 김 서방이 병문안 옴. 담소 나누다 9시 50분경 돌아감. 모처럼 양평 집에 가서 2시간 정도 반찬을 만들어 저녁을 먹었다. 서방님이 하루에도 수차례 집과 병원에 다니신다. 고맙다.

열하나째 날
형수님이 존경스럽다

2018년 5월 25일 금요일, 맑음

어머니께서 요구사항을
당당히 이야기하시면 좋으실 텐데….

7시에 일어나 전기밥솥에 밥을 하고 국을 데웠다. 그런데 경희한테서 '아침에 삼계탕 드세요'라는 문자가 왔다. 어제 옆집 박 사장 사모님께서 가져다주신 삼계탕을 어머니와 함께 먹으라는 이야기다. 마침 삼계탕을 데워 놓았던 터라 어머니와 함께 식탁에 앉았다. 삼계탕에서 다리 부분의 살집 위주로 어머니께 드리고 나머지는 내가 먹었다. 한 마리가 둘이 먹기에 충분한 양이다. 어머니는 삼계탕을 맛있게 끓였다면서 잘 드신다.

삼계탕을 누가 끓였는지, 누가 가지고 왔는지는 관심이 없으시고 맛있다면서 잘 드시니 다행이다. 그냥 드리는 대로 드신다. 무엇이 먹고 싶다는 의사 표시가 없다. 당당하게 이야기하시면 좋을

122   두 엄마와 함께한 보름 동안의 행복 이야기

텐데…. 좀 측은한 기분이 든다.

바꿔 생각해 봐도 그럴 것 같다. 자식이 나를 모신다고 하면 당당하게 무엇이 먹고 싶으니 해 달라고 이야기하기가 쉽지 않을 것 같다. 어릴 때 진자리 마른자리 갈아 뉘시며 온 힘을 다해 자식을 키웠는데도. 나이 들고 늙어서도 건강해야 한다. 자식의 부양을 받을 생각을 말아야 한다. 그리고 경제력이 있어야 한다. 그런데 그게 어디 내 마음대로 될 수 있는 것도 아니지 않은가.

어머니는 아들을 따라다니며
잔소리할 것이 없나 살피시는 듯하다.

병원에 있는 경희한테서 장모님이 어제저녁에는 소변 보러 많이 다니는 바람에 잠을 거의 못 잤다는 연락이 왔다. 아침을 먹고 1년 동안 사용하지 않던 예초기에 기름을 넣고 돌려 보았다. 몇 번 당기지 않았는데 시동이 걸린다. 다행이다. 예초기를 메고 보호 장구를 쓴 다음 골목의 풀을 베었다. 그리고 우리 집 뒤꼍과 앞 경사진 곳의 풀도 베었다. 다리가 불편하여 경사진 곳의 풀을 모두 베지는 못했다.

예초기 작업을 마치고 조금 남아 있는 요소비료와 밑거름을 섞어 블루베리와 복숭아, 포도, 토마토, 호박과 고추에 조금씩 주었다. 예초기를 돌리고 거름 주는 모습을 보행기를 밀고 따라 다니며 다 보신 어머니께서는 더운 날씨에 일을 마치고 땀을 흘리며 들어오는 아들에게 정원 잔디밭에 있는 수돗가에서 옷을 다 벗고 씻으란다. 옛날 시골에서 더운 여름에 등목하던 때를 생각하시고는 보는 사람이 없는데 어떠냐는 투로 말씀을 하신다. 그리고 경사진 곳의 풀은 베지 말란다. 풀 깎다 넘어지면 사람도 없는데 큰일난단다.

그러면서 또 이야기하신다. 어머니는 뭐 잔소리할 거리가 없는지 살피시는 것 같다. 어머니가 한창때이던 옛날 시각에서 보시니까 아들 하는 행동이 마음에 안 드는 모양이다. 그러니 사사건건 간섭을 하고 그에 따라 자신의 의견, 즉 잔소리를 하신다. 모두 맞는 말씀이시고 자식이 걱정되어서 하시는 이야기겠지만 자식의 귀에는 별로 들어 오지 않는다.

명절 때 형수님 댁이나 처가에 가면 어머니와 장모님께 가끔 언성을 높이시는 것을 보고 왜 부모님께 저렇게 대할까, 좀 공손히 하면 좋을 텐데 하는 생각이 들 때도 있었는데 두 노인을 모시고 한 열흘 정도 함께 기거하면서 생활해 보니 이해가 된다. 나는 겨우 보름이라는 단기간 동안 한시적으로 모시고 있는데도 이런데, 세대가 달라 말도 잘 통하지 않는 노인을 모시면서 몇십 년을 한 공간 안에서 지낸다는 것이 얼마나 힘들고 지쳤을까, 또 그로 인해 얼마나 많은 스트레스가 쌓였을까 하는 생각을 하니 존경심까지 우러나면서 '앞으로 형수님께 잘해 드려야겠구나' 하는 생각이 든다.

아침 일찍 출근하는 아들 본다고
꼭두새벽에 일어나신다.

5년 전에도 두 분을 함께 서울 아파트에 2주간 모셨는데 그때는 직장에 다닐 때라 아침저녁으로만 뵐 수 있어서 그런지 잔소리가 심하다는 것을 못 느꼈다.

그 당시는 아침 출근 전에 운동을 하는 관계로 아침 5시면 집을 나섰는데 어머니께서 아침에 일어났을 때 아들이 벌써 출근하고 보이지 않자 그다음 날에는 아들 출근하는 것을 보기 위해 꼭 두새벽에 일어나 소파에서 졸고 계셨다. 그러면서 왜 식사도 안 하고 출근하느냐기에 운동을 하고 직장에 가서 식사한다고 해도 믿지 못하시고는 며느리에게 밥도 안 해 주고 직장에 보낸다고 화를 내시는 분이다. 자식에 대한 사랑이 지나치신 것인지, 지금 시대 실상을 잘 몰라서 그런지 소통이 잘 안 된다.

아침 식사를 하고 커피를 드신 다음에 바나나를 하나 드리니까 "너나 먹어라" 하고 내치서서 탁자 위에 놓아두고 조금 있으니 껍질을 벗겨 드신다. 장모님이 입원해 있는 관계로 혼자 계시니 쓸쓸해 보인다. 두 분이 계실 때는 이야기를 하며 서로 의지가 되었는데 혼자 계시니 그냥 먼 산만 바라보시고 계신다.

뼈대에 가죽만 붙어 있는 것 같은
장모님 팔을 보니 너무 애처롭다.

　병원에 오니 장모님 상태가 좋아 보인다. 11시 회진 시 장모님께서 퇴원을 시켜 달라고 하시니까 주치의가 보시고는 약을 좀 더 줄이겠다면서 토요일에 엑스레이와 피검사를 해 보고 대구에 갈 수 있으면 소견서를 써 주겠단다. 허파에 물이 찬 관계로 이뇨제를 주사하고 있어 어제저녁에는 장모님이 화장실을 7~8번이나 다녀오셨단다. 그래서 잠을 거의 못 주무셨으며, 간호하는 경희도 잠을 같이 못 잤단다. 경희를 집으로 데리고 와서 쉬도록 하고는 식탁에 빵과 바나나 2개를 차려 놓고 어머니에게 배고프다고 며느리 깨우지 마시고 이걸 드시라고 하니 하나 먹어도 되냐고 이야기하고는 맛있게 드신다.

　경희를 집에 데려다 놓고 병원에 오니 장모님은 점심 식사를 마쳤는데 화장실에 가고 싶어 침대에 있는 간호사 호출 벨을 눌러 도움을 청했단다. 잘하셨다면서 참 똑똑하다고 칭찬을 해 드리니 좋아하신다. 장모님의 걷은 팔을 우연히 보니 뼈에 핏줄만 붙어 있고 살은 하나도 없다. 그냥 뼈대에 가죽만 걸쳐 놓은 것 같은 형상이다. 애처롭다. 나이가 들면 다 이런 모습일까? 나도 나중에 나이가 들면 이렇게 될까. 상상이 안 된다.

뼈대만 앙상한 장모님의 손

장모님의 화투 점괘가
입원을 예상한 것인가?

장모님은 양평에 오시기 전에 밤에 잠이 안 와서 운수 점 화투를 해 보셨다고 한다. 5월이 안 좋게 나와서 '곧 5월인데 무슨 일이 있으려나, 참 이상하다'라고 생각했는데 병원에 입원하게 되었다면서 화투 점이 정확하다고 이야기를 하신다.

집에서도 잠이 안 올 때가 있으시면 새벽녘이라도 불을 켜 놓고 화투를 하신단다. 워낙 오래 살고 잠도 많이 자서 그런 모양이라면서 그럴 때면 옛날 사진을 보기도 하신단다.

오래전에 강서구 화곡동 아파트에 살 시절 집들이를 했을 때 촬영한 사진 등으로 조그만 사진첩을 만들어 드린 적이 있다. 그 후 몇 년 지나서 처가에 가 보니 사진첩이 너무 해져서 '사진첩이 왜 이렇게 해졌지' 하는 생각을 하며 다시 가져와 새 사진첩으로 만들어 드렸었다. 그런데 이제 가만히 생각해 보니 밤에 잠이 오지 않을 때 사진첩을 거의 매일 보시다시피 하셔서 해진 것 같다는 생각이 들었다.

나이가 들어 자식에게 의탁을 해야 하더라도 한 공간에서는 살지 말아야겠다는 생각이 든다. 함께 살면 자녀들이 엄청 힘들 것 같다. 한 공간에 같이 있는 것만으로도 큰 스트레스를 받을 수 있을 것이다.

장모님은 귀가 밝아 자식들이나 주변 사람들과 의사소통이 잘 되어서 희로애락을 느끼시는데, 어머니는 귀가 어두워 바짝 대고 이야기를 하지 않으면 들리지 않는다. 들리지 않으면서도 그냥 감으로 고개를 끄떡인다. 그래서 통상 무표정하신데 다른 사람들이 보면 화난 모습으로 보인다. 희로애락을 못 느끼시고 표현이 없으시다.

늙으면 희로애락이 없어지는 걸까?
무표정한 어머니를 보면 측은하다.

어머니는 아들만 팔 형제를 두셨는데 아들 둘을 먼저 보내고는 나머지는 모두 결혼하여 자기 집 갖고 무난하게 잘살고 있는데도 항상 자식 걱정이다. 딸이 있었으면 좀 더 잘 챙겨 드릴 텐데 그러지 못해 매우 외로워하시는 것 같다. 무표정하게 멍하니 쳐다보신다. 어머니의 생각은 어떠신지 모르지만 삶의 의미가 없는 것이 아니신가 하는 생각이 든다.

집사람도 내가 가만히 있으면 어머니를 닮아 너무 딱딱하고 무서워 보인다며 좀 웃으란다. 그래서 내가 "웃을 일이 있어야 웃지"라고 하면 그냥 웃으면 웃을 일이 생긴다며 웃으라고 한다. 여자들이 남자보다 오래 사는 이유는 친구들과 만나 온갖 수다를 떨면서 까르륵거리며 웃어서 그런 것 같다.

장모님 병실은 3층인데 대부분이 고령의 골절 환자가 많다. 또 남자보다는 여자가 많다. 여자가 수명이 길어 오래 살다 보니 그런 모양이다. 1층에 있는 외래 환자들이 복도의 긴 의자에 죽 앉아 있는 모습을 보면 대부분이 노인들이다. 농촌이 노령화되고 있는 현실을 그대로 보여 준다.

장모님은 조속히 퇴원하기 위해 복도에서 열심히 운동하신다.

장모님은 20미터 정도 되는 병실 복도를 세 바퀴씩 두 번이나 도셨다. 10미터 정도 걷고는 쉬어야 한다. 운동해야 건강에도 좋고 또 빨리 퇴원할 수 있다고 하니 열심이시다. 간호사분은 혈압을 재 보니 100-70이고, 체온과 당뇨도 정상이란다. 그러면서 할머니가 퇴원하시려고 열심히 운동하신다고 격려해 주신다. 체온이나 혈압을 재면 꼭 "고맙습니다"라고 인사를 하니 간호사분께서는 인사 잘하는 할머니라고 칭찬해 주신다.

경희는 11시 반부터 3시까지 3시간 정도 잠을 자고 나니 몸이 좀 풀린다면서 배려해 줘서 고맙단다. 낮에 장모님 병구완하면서 병실의 간이침대에서 1시간 정도 잠을 자 봤는데 몸이 찌뿌둥한 것이 몸살 기운이 돈다. 그런데 4일째 병실에서 간호하며 잠도 제대로 자지 못한 경희는 얼마나 힘들까 하는 생각을 해 본다.

경희는 양평에 올 때부터 감기에 걸려 있는 상태였었는데 아직도 목소리가 정상이 아니다. 두 어머니와 보름 동안 지내다가 대구에 모셔다 드리고 난 다음에는 몸살을 심하게 앓지 않을까 염려된다. 지금은 장모님이 입원하셨으니 정신력으로 버티는 것 같다.

경희는 잠을 자고 난 후 집에 계시는 어머니 반찬을 장만한 후 저녁밥으로 잡채를 하여 드리니 맛있게 한 그릇 다 드셨단다. 원래 어머니는 잡채를 좋아하시는 데다 오랜만에 금방 버무려서 따뜻하게 해 드리니 맛이 없을 수가 없었을 것이다.

어머니께 집사람을 병원에 데려다주고 오겠다면서 잠이 오면 주무시라고 이야기해 놓고 병원에 다녀오는 길에 게르마니아 온천탕에 들렀다. 예초기 돌리느라 땀을 흘린 데다 다친 다리가 뻐근하여 온욕을 한 후 집에 도착하니 8시 반이다.

어머니는 불을 켜 놓고 주무신다. 인기척을 내도 세상모르게 잠이 드셨다. 좀 추우신지 웅크리고 주무신다. 측은하다. 따뜻하게 주무시도록 군불을 지피고 오늘 하루를 마감한다.

경희의 병상 일기

숨 가쁜 증상은 없으심. 산소 3ℓ 투여. 도부타민**12** 라식스**13** 투여 중. 6시 30분, 세수하고 머리 빗고 죽 한 그릇 드심. 8시 30분, 산소 포화도 수치 양호. 산소 스톱.

지난밤에는 한숨도 못 주무시고, 화장실만 6~7회 다니셨다. 엄마라는 이름을 오래 부를 수 있기를 바란다. 서방님 배려로 집에 가서 2시간 정도 자고, 어머님과 저녁 먹고 다시 교대하여 병원에 도착했다. 엄마는 양치까지 마치고 쉬고 계시는 중이다.

---

12 심부전 치료제.
13 이뇨제.

PART 4

장모님이 돌아오셨다

다시 찾아온 우리 집의 평화

2018년 5월 26일 토요일, 맑음

장모님은 죽을 고비를 넘기시고
5일 만에 병원 문을 나서니 속이 시원하시단다.

아침 8시가 좀 지나자 병원에 있는 경희로부터 문자가 왔다. 오늘 퇴원할 예정이니 올 때 장모님 옷을 챙겨 오란다. 어머니와 둘이 국과 두부조림을 데워서 아침을 먹었다. 밥을 먹고 있는데 박사장님댁 사모님이 '케밥'을 만들어 오셨다. 전에도 한 번 주셔서 먹어 봤는데 참 맛있다. 부드러운 월남쌈 껍질과 비슷한 것에 햄, 달걀, 샐러드 등을 넣어 말아서 먹는 음식인데 간식으로 먹기는 아주 좋다. 그것을 어머니와 나누어 먹고 여느 때와 마찬가지로 커피를 한잔 드렸다.

아침에 식사하고 커피를 한잔 드리니 맛있게 드시고는 어머니는 또 자식 걱정이 태산이다. "예초기로 풀을 벨 때 경사진 곳은

퇴원 준비를 마치고 병원 복도 의자에 앉아 있는 모녀

하지 마라. 대구에서 형수하고 있을 테니 서울로 모시려고 하지 마라. 네 어미도 안 좋아한다. 거름 주고 농약 칠 때는 꼭 마스크 해라. 안 하면 먼지를 다 먹는다. 이 무거운 탁자를 어떻게 가지고 왔냐. 너는 들지 마라. 무거워서 다친다"라는 등의 이야기를 하신다.

커피를 한잔하고 좀 쉬고 있는데 경희가 어디쯤 오고 있느냐고 묻는다. 꾸물대고 있는 게 미안해서 지금 가고 있다고 둘러대고 빨리 준비를 해서 병원으로 갔다. 어머니는 어제 병원에 안 가 봤으니 오늘은 병원에 가 봐야겠다고 이야기하신다. 그래서 장모님이 오늘 퇴원하시니 집에서 기다리시면 모셔오겠다고 이야기하고 차를 몰아 병원에 도착했다.

병원에 오니 벌써 퇴원하기 위해 짐을 다 챙겨 놓고 모녀가 복도 의자에 앉아 이야기를 하고 있다. 퇴원을 기념하여 세 명이 번갈아 가며 사진을 찍었다. 한참을 기다리니 간호사실에서 원무과에 가서 퇴원 절차를 밟으라고 한다.

담당 의사를 찾아가니 입원 당시는 폐부종이 심했는데 그동안 많이 좋아졌다면서 소견서와 보름치 약을 처방해 주셨다. 임시방편으로 이뇨제만 투여하고 있는 데다 98세 고령이니 언제 어떻게 될지 모르는 상황이라고 이야기하신다. 친절하게 설명을 해 주시니 신뢰가 가고 또 고맙다. 이렇게라도 퇴원을 할 수 있게 되어 얼마나 감사한지 모르겠다.

장모님이 22일 입원해서 26일 오전에 퇴원하니 4일 밤을 병원에 계신 것이다. 총 병원 비용은 58만 3,540원이다. 1인실의 추가 비용이 1일 10만 원이라 좀 나온 것이지 치료비는 18만 원 정도 나온 것이다. 장모님은 하룻밤에 7~8번씩 화장실을 다녀야 했기 때문에 화장실이 없는 다인실에 계셨으면 상당히 곤란을 겪었을 텐데 경희가 판단을 잘해서 그래도 참 다행이다.

퇴원하기 위해 오랜만에 걸으시니 상당히 힘들어하신다. 10미터 정도를 걷고는 쉬어야 한다. 지팡이를 짚고 차 타는 곳까지 오는 데도 겨우 걸으신다. 입원할 당시보다 걸음걸이가 훨씬 힘들어지셨다. 이런 상태로 집에 가도 괜찮을는지 은근히 걱정된다.

촛불이 자신을 다 태우고 서서히 사그라지는 것을 보는 것 같다. 퇴원하고 나서 애초 계획대로 나흘 동안 잘 계시다가 29일에 아무 탈 없이 대구로 내려가셔야 할 텐데…. 마음속으로 기도를 한다.

장모님은 차를 타고 도로로 나오니 속이 시원하단다. 병원 앞 가까이 있는 농협 하나로 마트에 가서 집에 계실 동안 드실 식료품 등을 샀다. 그동안 집과 병원으로 두 집 생활을 하다 이제 한 곳으로 합친 것이다. 집에 오니 어머니가 보행기를 끌고 마중을 나오신다. 서로 수고 많았다며 반갑게 인사를 하신다.

장모님이 입원하고 계시는 동안
물심양면으로 도와주신
이웃집 박 사장 내외분께 감사드린다.

장모님이 입원해 계시는 동안 바로 옆집에 계시는 박 사장과 사모님께서 물심양면으로 도움을 주셨다. 사모님은 쇠고깃국과 삼계탕을 끓여다 주시고 나물 무침과 '케밥'이라는 맛있는 간식까지 챙겨 주셨다. 이웃에 이런 좋으신 분들과 같이 산다는 것은 큰 행복이고 행운이다. 감사의 뜻으로 참외 한 상자를 사다 드렸다.

점심은 만둣국을 끓였다. 경희가 해 주는 음식이라 더욱 맛있다. 어머니와 장모님도 맛있게 잘 드신다. 장모님의 건강 회복을 위해 만둣국에 쇠고기를 갈아 넣었단다. 점심을 먹고 테라스 탁자에서 수박을 먹었다. 오랜만에 4명이 탁자에 마주보고 앉아 이야기하며 음식을 먹는다. 참 행복하다. 우리 집에 평화가 다시 찾아왔다. 행복이란 큰 것이 아니라 건강하고 아무 탈 없이 가족이 함께할 수 있는 것이 아닌가 생각된다.

따뜻한 햇볕에 빨래를 널며
다시 평화를 느낀다.

햇살이 참 좋다. 이럴 때가 빨래 말리기에 적격이다. 이불을 널고 빨래할 것을 달라고 하니까 장모님과 어머니는 한아름씩 갖고 오신다. 병원에서 입던 옷과 그동안 입었던 옷을 세탁해서 건조대를 잔디밭에 옮겨 두고 빨래를 넌다. 파란 하늘에서 따뜻한 햇볕이 푸른 잔디밭에 있는 건조대의 빨래를 뽀송뽀송하게 해 줄 것이다. 빨래를 널고 있는 경희의 모습이 참 정겹다. 오랜만에 보는 아름다운 풍경이다.

점심을 먹고는 이제 각자의 할 일을 한다. 장모님은 병원에 계시는 동안 끼지 않던 틀니를 꺼내 끼시더니 속이 좀 안 좋으시다며 방에 들어가 누워 계시고, 어머니는 테라스 탁자에 앉아 멍하니 먼 산을 바라보고 계신다. 경희는 뒷정리를 마치고 내가 있는 2층으로 올라와 침대에 눕더니만 코를 골면서 잠을 잔다.

참 안쓰럽다. 나흘 동안 장모님 병간호한다고 잠도 자지 못하고

잔디밭에 빨래를 널고 있는 경희

얼마나 고생을 했을까. 내가 다리가 온전하다면 밤에 병실에 있으면서 병간호를 했을 텐데 그러지 못했다. 경희 혼자 장모님을 지키느라 참 고생이 많았다. 우리 집 보배다. 평소 경희는 "조그마한 여자 데려와서 많이 부려먹는다"라고 했었는데 어찌 보면 맞는 말이다.

두 할머니가 오셨다니 아들 내외가 오늘 저녁 온다고 연락이 왔다. 며칠 동안 손 못 봤던 것을 정리하고 청소도 했다. 울타리 나무로 심은 쥐똥나무가 너무 많이 자라 한 키를 넘는다. 울타리가 너무 높으면 답답한 감이 있어 눈높이 정도로 잘랐다. 쥐똥나무도 굵어지니까 전지 가위로 자르기도 쉽지 않다.

어머니는 사돈이 안 계시니 군불도 안 때 줬다고
엉뚱한 말씀을 하신다.

　어머니는 아들이 쉬지는 않고 일만 한다고 불만을 표시하면서
쥐똥나무 자르는 데까지 오셔서 가만히 지켜보신다. 쥐똥나무 잘
라낸 가지를 보시고는 저 많은 것을 어떻게 정리하려고 그러냐고
또 걱정하신다. 그러다 일을 다 마치고 조그만 손수레를 가지고
와서 갈고리로 한 번에 다 정리를 하니 생각보다 쉽게 마무리되는
것 같다는 생각을 하셨는지 더 이상 말씀을 안 하신다.
　장모님이 5일 만에 퇴원을 하자 그동안 혼자 지내시기가 적적했
던 어머니는 이야기할 상대가 생겨 기분이 좀 좋아지신 것 같다.
그러면서 그동안 사돈이 안 계셔서 아들이 군불도 안 때어 줬다
고 이야기하신다. 장모님이 병원에 계실 때는 매일 저녁을 차려 드
리고 병원에 들렀다 오면 8시경이 되는데 그때는 벌써 어머니는
주무신다.
　방문을 열고 들어가도 모르실 정도로 잠이 드신 뒤다. 방이
좀 썰렁해서 그때부터 군불을 지피기 시작하여 1시간 정도 장작
을 넣은 후 방 안의 온도를 확인했는데 군불을 안 땠다고 하니
황당하다. 그동안 자식을 속으로 얼마나 욕하셨을까. 장모님이
안 계시고 나 혼자 있으니까 군불을 안 때어 준 나쁜 자식이라
고 말이다.
　오늘은 퇴원하여 좀 일찍부터 군불을 지피기 시작하여 평소보

다 좀 더 따뜻하게 만들어 드렸더니만, 또 사돈이 오시니 방이 따뜻해서 좋다고 하신다. 모르는 사람이 들으면 어머니는 구박하고 장모님만 편애한다고 오해하기 딱 좋게 말을 하신다.

어머니는 장모님이 퇴원하시자
말동무가 생겨 신이 나셨다.

어머니는 장모님을 만나니 또 신세타령이다. 울음 섞인 목소리로 이야기를 하신다. 15살에 해방이 되어 일본에서 나와서 아무것도 안 해 보고 16살에 시집왔는데 주변에서 '어쩌서 저래 잘하나?', '남의 종부는 역시 다르다'는 등의 칭찬을 많이 받았단다. 숙모한테도 잘하고, 동네 우물에서 물을 길어와 밥을 했단다. 제사를 지내면 친척 어른들이 세 집이나 있어 먼저 차려 드리고, 야밤에 앞집에도 담 너머 제삿밥을 드렸다고 하신다.

그 당시는 밤 12시가 지나서 제사를 지냈는데 잠자다 일어나 먹는 제삿밥이 왜 그리도 맛있었던지. 아마 평소에는 보리밥을 먹다가 흰쌀밥에 각종 나물과 참기름을 넣어 비벼 먹으니 꿀맛일 수밖에 없었을 것이다. 또 앞집에서 제사를 지내고 새벽에 담 넘어 제삿밥을 주면 자는 아들 전부 깨워 조금씩 나누어 먹었던 그 맛은 정말 잊을 수가 없다.

앞뒷집이라 낮에 전 부치는 냄새가 풍겨 오면 제사라는 것을 금방 알아차린다. 그러면 오늘 저녁에는 앞집에서 제삿밥을 준다는 것을 안다. 그런데 낮에 너무 심하게 놀았다든지 하여 잠이 깊이 들어 깨워도 안 일어나면 형제들이 많으므로 그냥 일어난 사람들끼리 먹는다. 아침이 되면 그게 그렇게 후회되었고 왜 끝까지 깨우지 않았느냐고 막 화를 내기도 했었다.

어머니는 또 산에 가서 나무를 얼마나 했는지 모른단다. 젊어서는 종아리가 통통해서 주변에서 '여자도 아무것이 모친처럼 돼야 힘을 쓴다'는 이야기를 들었단다. 그러자 장모님은 "맞아, 맞아", "하무, 하무" 하고 추임새를 넣으며 장단을 맞추신다. 두 분이 참 잘 맞는다.

아들 내외가 방문하여
늦게까지 바비큐에 맥주를 마시며 정담을 나누었다.

그러는 사이 아들과 며느리가 왔다. 어머니는 길거리에서 손주 며느리가 "할머니!" 하고 불러도 모르겠다고 하신다. 서로 안부를 묻고는 건강해야 한다면서 "에비**14**가 너희들 오면 식사한다고 아

---

14 아비. 아버지의 낮춤말. 결혼하여 자식을 둔 아들을 이르는 말.

직 밥을 안 먹었다"라고 이야기하신다. 그러면서 또 "나는 눈도 안 좋고, 대상포진으로 10년 동안 고생을 해서 안 아픈 데가 거의 없다. 이쁘다. 에비 어미한테 잘해라. 그래야 복을 받는다"라는 등 말씀이 많으시다.

그러자 손주며느리가 "아들 낳아야 해"라며 할머니가 하실 말씀을 먼저 하며 할머니를 놀린다. 어머니는 결혼한 지 4년이나 되었는데도 자식이 없는 손자 내외를 보면 항상 아들을 낳아야 한다고 말씀을 하시니까 며느리가 먼저 할머니가 하실 말씀을 하는 것이다. 그러자 어머니는 "네가 내 손자 아니냐. 에비 어미에게 잘해야 복 받는다"라며 계속 사설을 늘어놓으신다. "눈이 안 좋아서 사람을 잘 모른다. 나이 먹어 그런데 어떡하냐"라면서 "사돈은 아픈 데가 없는데 나는 전부 아프다"라고 이야기하시면서 신세 한탄을 하신다.

아들 내외가 나가자 어머니는 아들이나 하나 놓으면 얼마나 좋냐고 하신다. 그러자 장모님이 낳을 것이니 걱정하지 말라며 달래신다.

아들 내외가 도착하기 전 숯불을 피우는 등 바비큐 준비를 해두었다. 8시경 도착하여 두 할머니께 인사를 드리고 네 명이 앉아 고기를 구웠다. 할머니 두 분은 저녁을 미리 챙겨 드리자 식사를 하고는 방으로 들어가신다. 우리는 아들이 오면 먹으려고 좀 기다렸다.

오랜만에 아들과 며느리와 마주 앉아 고기를 구우며 이야기를 한다. 며느리는 그동안 장염으로 고생하여 약을 먹고 있단다. 그래도 네 명이 삼겹살을 구우며 오랜만에 맥주를 마셨다. 경희는 버섯 등 채소를 푸짐하게 준비해 두었다.

아들 내외인 규연이와 유진이는 둘이서 열심히 그리고 재밌게 잘 지낸다. 참 보기가 좋다. 서로 아껴 주며 살아가니 이쁘고 또 고맙다. 유진이는 몸 상태가 좋지 않아 먼저 샤워를 하고 올라가 쉬라고 보내고 아들과 함께 세 명이 맥주를 마시며 이야기를 한다. 바쁜 시간을 내어 할머니를 보기 위해 찾아 주어 고맙다.

오랜만에 아들과 술을 마시며 이야기를 하는 사이 밤은 깊어만 간다.

두 어머니를 모시면서
자식에게 어떻게 해야 하는지에 대해
다시 생각해 본다.

그동안 열흘 이상 두 어머니를 모시다 보니 나이 들어 자식에게 어떻게 해야겠다는 것에 대한 생각이 정리된다. 자식에게 크게 의지하지 말아야 하고, 한 공간에서 같이 살지 말아야 하며, 간섭이나 잔소리를 하지 말아야 한다는 것이다.

시대가 바뀌고 사회 환경이 변화되어 우리의 기준에서 이야기한다 해도 통하지 않는다. 우리 시절만 해도 부모에게 아무것도 물려받지 않은 채로 자기가 저축한 것으로 융자받아 조그만 전셋집 얻어 결혼하면 당연히 자식을 낳고, 열심히 적금 들고 저축하고 또 융자 내서 집 사고, 노력해서 할부로 자동차 사고 아껴 가며 살았는데, 지금 세대들에게 우리처럼 하라고 하면 수긍을 못 할 것이다. 세상이 그렇게 바뀐 것이다.

우리 아들 부부는 그래도 나름대로 열심히 노력하고 알뜰히 저축도 하고 재테크하며 살아가고 있어 대견하고 한편으로는 고맙다. 크게 부모에게 의지하지 않고 부부가 서로 사랑하고 아껴 주며 살고 있으니 이게 자식 복이라 할 것이다.

경희의 병상 일기

12시까지 잠 못 이루고 앉아 계시다 새벽에 잠 조금 주무심. 화장실 세 번 다녀오심. 숨 가쁜 증상 없고 당뇨 검사 결과와 혈압은 정상 수치. 혼자서 화장실 다녀오심. 빵 조금 드심. 6시 피검사 7시 걸어서 엑스레이 촬영. 아침 식사는 다 드셨는데 조금 어지러워하심.
오늘 퇴원 예정이다. 다른 날보다 기운이 많이 없어 보이신다. 걱정이다.

열셋째 날

이제 갓 육십 넘은 아들에게
고생 그만하고 쉬라고 하신다

2018년 5월 27일 일요일, 맑음

손주 내외가 용돈을 드리자
고맙다는 인사를 연발하신다.

아들 내외는 아침에 모임이 있어 8시에 출발을 해야 한다고 해서 경희가 아침에 일어나 토마토 주스를 갈아 놓고 준비를 했다. 며느리인 유진이가 저녁에 도착할 때부터 장염으로 며칠째 고생하고 있다고 하더니만 어제 우리와 같이 바비큐에 맥주를 마셔서 배탈이 난 모양이다. 밤새 배가 아파 고생을 했단다. 경희는 매실 엑기스를 준비하는 등 부산하다.

아들 내외는 출발 준비를 마치고 두 할머니께 인사를 하면서 봉투를 드린다. 용돈을 준비해 온 모양이다. 손자와 손부가 용돈을 드리니 대단히 반가우신 모양이다. 고맙다는 인사를 연발하신다. 아들 내외가 떠나자 양평농원은 다시 평온한 모습으로 되돌아왔다.

오랜만에 네 명이 아침 식사를 한다. 장모님은 병원에 입원하신 뒤로 틀니를 사용하지 않으셨던 데다 몸 상태도 좋지 않아 틀니를 끼지 않은 채로 식사를 하신다. 미역국에 쇠고기를 갈아 끓여 드렸더니 잘 드신다. 어머니도 오랜만에 장모님과 함께 식사하시니 더 맛있게 드시는 것 같다.

이웃집 박 사장님댁 사모님은
또 돼지고기 두루치기를 해 오셨다.

식사하고 얼마 지나지 않아 박 사장 사모님께서 돼지고기 두루치기를 해 오셨다. 돼지고기가 부드러우니까 드시기 좋을 것 같아 어른들 드리라고 해 오셨단다. 매콤한 맛으로 잘 버무려 오셨다. 너무 고맙다. 경희는 고맙다며 사모님께 식사 후 커피 마시러 들르겠다고 문자를 보낸 모양이다. 그래 놓고는 설거지를 하느라 좀 지체를 했더니만 사모님께서 직접 우리 집으로 오셨다.

커피를 마시면서 감사의 인사를 드렸다. 그러면서 사모님도 서울 양재동에 계실 때 시아버지의 병시중을 2년 동안 드시면서 많은 고생을 했단다. 자식도 못 하는 대소변을 직접 받으시면서 해 드렸더니 돌아가실 때는 자기에게 고맙다는 인사를 하시더라면서 어른들 모시는 것이 생각보다 쉽지 않다고 이야기하신다.

지난해 전지한 반송이 1년이 지나자 가지들이 너무 자라 바람 들어가 공간이 없을 정도로 빡빡하다. 경희하고 같이 전지를 했다. 경희는 지난해에 좀 가르쳐 줬더니 잘했었는데 올해도 전지 방법을 다시 알려 줬더니만 제법 잘한다. 10여 그루 이상이나 되는 반송을 전지했더니만 땀이 난다.

어머니의 자식 걱정에 쉬는 것도 힘들다.

점심을 먹고 피곤하여 방에 좀 누웠더니만 어머니께서 일을 너무 해서 피곤하여 잠을 잔다면서 또 걱정하신다. 다른 사람들은 퇴직한 후 일도 안 하고 노는데 왜 시골에다 농원을 만들어 사서 고생을 하느냐며 이야기를 하신다. 이제까지 열심히 일했으면 이제 좀 그만 쉬라고 한다. 이제 겨우 육십이 넘은 아들에게 또 옛날 시각으로 생각한 이야기를 하시는 것이다.

경희는 왜 보이지 않는 곳에서 쉬지 보이는 곳에서 누워 있어 어머니가 걱정하게 만드느냐고 이야기한다. 나는 아무렇지 않게 행동했는데 자식을 보는 어머니의 마음은 또 그렇지 않은 모양이다. 자식을 위한 마음에서 하는 말씀이지만 이야기를 듣는 자식 처지에서는 잔소리로 들릴 뿐이다.

어머니의 걱정 소리를 듣고 테라스로 나왔다. 오랜만에 네 명이 탁자에 앉아 경희가 타 주는 커피를 마셔 본다. 장모님은 항상 긍정적이고 수용하려는 자세인 데다 사위에게 이야기하는 것이 좀 어려우셔서 그런지 일절 간섭을 안 하시는 데 비해, 어머니는 자기 자식이라서 그런지 항상 걱정이고 고민이 많으시다. 아무리 걱정하시지 말라고 하셔도 통하지 않는다. 자식들에 대해 걱정을 한다고 해서 해결되는 것도 아니고 또 뭐 큰 걱정거리가 있는 것도 아닌데 사소한 것 가지고 온갖 신경을 다 쓰며 고민을 하신다.

다음달인 6월 16일 토요일에는 양평 우리 집에서 1박 2일로 어머니 생신 행사를 하기로 했다. 명분은 어머니 생신 행사이지만 모처럼 모든 형제와 형수·제수씨, 조카들이 한자리에 만나 식사를 하고 그동안의 이야기를 하는 만남의 시간이다. 그래서 다리 물리 치료를 위해 찜질방에 다녀오면서 동네 입구에 있는 '숯가마 한우 집'에 예약을 했다. 20명 자리를 예약하면서 메뉴는 오리 백숙으로 했다.

우리 형제들은 돌아가면서 어머니 생신 준비를 주관한다. 즉, 식사 비용은 형제들이 모아둔 비용으로 충당하지만, 주관하는 사람이 행사 장소를 정하고 과일과 케이크 등을 준비한다. 1박 2일 행사인 관계로 숙박 시설도 고려해야 한다. 원래 순서대로 하면 올해는 넷째 동생 차례이지만 양평농원을 조성하고 난 후 한 번도 형제들을 초청하지 않은 관계로 농원 소개도 할 겸해서 양평에서 내가 하기로 한 것이다.

그런데 어머니는 생신 행사 이야기를 들으시고는 왜 이 먼 곳에서 행사하여 너희들이 고생하느냐, 식사는 어떻게 하느냐, 잠은 어디서 자느냐는 등 꼬치꼬치 캐물으면서 이제 당신 생일은 차리지 않고, 아침에 간단히 밥만 먹으면 된다고 하신다. 그래서 집에서 식사하는 것이 아니라 식당에서 식사하니 집에서 준비할 것도 없고, 잠잘 곳도 다 정했다고 이야기를 하니 수긍을 하신다. 하지만 앞으로 얼마나 더 이 문제로 고민을 하시고 이야기를 하실지 뻔하다.

사돈의 조그만 배려에
어머니는 감동하셨다.

어머니는 코 주위가 헐어 병원에 가거나 약을 발라도 별 차도가 없어 오래 고민하셨는데 장모님이 가지고 다니시는 연고를 발라 주시니까 하룻밤 사이에 딱지가 떨어지는 등 상태가 좋아지는 것 같다. 장모님은 며칠만 더 바르면 낫게 된다고 이야기하며 수시로 발라 주신다. 오랫동안 고생하셨는데 며칠 바르고 상태가 좋아지니 사돈께 대단히 고마워하신다. 약을 발라 드리면 "고맙습니다"라고 깍듯이 높임말을 쓰며 감사 인사를 드린다.

저녁이 되어 방에 들어가니 화장실에 있는 요강을 깨끗이 씻어

어머니 코에 연고를 발라 주시는 장모님

방에 들어놓으셨다. 그러면서 어머니께서 "사돈이 약을 발라줘서 코 헌 부분이 많이 나아졌습니다. 오늘 저녁에는 제가 요강을 씻어 갖다 놓았습니다"라고 이야기하신다. 연고를 발라준 데 대한 감사의 표시를 어떻게 할까 궁리하다 요강을 씻어 놓으신 것이다.

그러면서 장모님이 노인정에 다니는 것을 대단히 부러워하신다. 어머니는 이사 온 후 얼마 되지 않아 아파트에 있는 노인정에 가

어머니께서 씻어서 방에 넣어 놓은 요강

셨다가 퇴짜를 맞으셨다. 다른 사람들은 식사 시간 되면 반찬도 나르고 밥도 푸고 하는데 어머니는 처음 가신 데다 귀가 어두워 가만히 계셨기 때문이다. 밥만 드시고 설거지도 안 하고 그냥 앉아만 계시니까 다른 노인들이 싫어하신다

는 말을 들으셨단다. 그 이후로는 노인정에도 못 나가시고 혼자 집에 계신다.

그런데 장모님께서 노인정에는 겨울에는 보일러를 때어 뜨뜻하고 여름에는 에어컨과 선풍기가 있어 시원하다고 자랑을 하신다. 또 명절마다 떡을 해 주고, 가족들이 과일도 사다 주고 해서 편안하게 잘 지내신단다. 노인정에는 냉장고, 정수기와 김치냉장고까지 있다고 하시니 어머니는 부러움 반, 시기 반의 심정이신 것 같다.

어머니와 장모님이
아들과 며느리에게 고맙다며 격려금을 주시다.

어머니는 경희가 점심을 드시러 오라고 하시니 건넌방으로 가시는 도중에 나한테 오시더니 돈 5만 원을 주신다. 안 받으려고 하니 화를 내시면서 받으란다. 그래서 그러면 그동안 며느리가 밥 해 주느라고 고생했으니까 집사람한테 드리라고 했더니 별 망설임 없이 그러겠다고 하시면서 건넌방으로 가서 며느리에게 용돈을 주신다. 경희는 시어머니에게 생전 처음 용돈을 받았다며 웃으면서 자랑을 한다.

한편 장모님은 생일을 며칠 앞둔 나에게 생일을 축하한다며 축하금으로 10만 원을 봉투에 넣어 '조 서방 생일을 축하합니다. 건

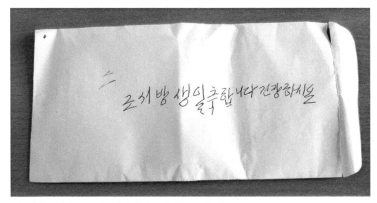

장모님이 생일을 앞둔 사위에게 축하 글과 함께 격려금을 주셨다

강하세요'라고 직접 손글씨를 적어서 주신다. 그러시면서 병원에 입원한 관계로 내가 고생을 많이 했다며 고맙다고 하신다. 당연히 해야 할 일을 한 것인데 별말씀을 다 하신다.

오후가 되어 어머니는 우리 둘만이 있는 시간이 되자 봉투 하나를 또 내미신다. 그러면서 에비가 이번에 고생을 많이 했고, 또 양평 집을 짓고 가꾸느라고 돈이 많이 들었을 거라면서 받으란다. 어머니나 쓰시라며 안 받는다고 하는데도 너무나 강권하셔서 거절할 수가 없어 받았더니만 15만 원을 넣으셨다고 하신다. 어머니도 한 달에 한 번 자식에게 용돈을 받아 쓰시면서 조금 모아두셨다가 주시는 것임을 알기에 마음 편히 받을 수가 없다. 감사하면서도 또 자식에 대한 끝없는 사랑의 마음이라는 생각이 들어 가슴이 찡하다.

장모님과의 2차 고스톱,
오늘은 내가 이겼다.

저녁을 먹고 군불을 때고 나니 8시 반이다. 안방에 들어가니 경희는 화투를 준비해 놓고 고스톱을 하잔다. 병원에 입원하시기 전에는 고스톱을 치면 장모님이 거의 매번 이기셨다. 장모님은 몇십 년 동안 노인정에서 화투를 친 베테랑이시다. 노인정에서 화투를 칠 때 누가 돈을 따서 가지고 가면 기분 나빠져서 요즈음에는 10원짜리를 가지고 화투를 치신단다. 그리고 돈을 따도 나중에는 다 돌려준단다.

장모님과 경희와 나는 2차 고스톱 판을 벌였다. 어머니는 고스톱을 못 하신다. 배우지를 못했단다. 고스톱이라도 치실 줄 알면 노인정에 가서 같이 어울릴 수 있을 텐데 못하니까 다른 사람들이 치는 것을 그냥 멍하니 바라볼 뿐이다.

화투패를 돌렸는데 장모님이 병원에 입원하셨던 뒤로 기운이 떨어지신 건지 오늘은 내가 계속 이겼다. 저녁 10시까지 시간을 정해 놓고 화투를 쳤다. 대구 노인정 화투는 3점만 먼저 나면 그냥 판이 끝난다. 그리고 화투 5열 난초와 7열 붉은 돼지도 쌍피로 친다. 마지막 20여 분을 남겨두고 장모님이 선을 잡았다. 연거푸 계속 선을 잡으시는데 10시가 지나니까 몇 판을 더 하자고 하신다. 10여 분을 더 했는데 장모님이 계속 선을 잡았다. 경희는 한 번도 선을 잡지 못했다.

열넷째 날

우리들의 행복했던 보름이 끝나간다

2018년 5월 28일 월요일, 맑음

사돈지간에 아들딸 잘 낳아 줘서 고맙다며
서로 인사를 한다.

　아침 식사는 틀니를 끼고 계신 장모님께는 쇠고기를 갈아 넣은
미역국을 드리고, 어머니와 우리는 어제 사 온 양평 해장국으로
했다. 반찬은 떡갈비와 달걀부침, 상추무침이다. 장모님은 그릇에
상추무침과 달걀부침 하나를 넣고 비비신다. 그런 모습을 본 어머
니도 비벼 드시고 싶어 하셔서 넓은 그릇을 드렸더니 비벼서 국과
함께 맛있게 드신다.

　경희는 장모님이 틀니를 끼지 않고 그냥 잇몸으로 식사를 하시
는 관계로 생선 가시도 발라 드리고 식사하시는 것을 챙겨 드린
다. 식사를 마치고 장모님이 어머니의 코 옆 헌 부분에 연고를 발
라 드리자 어머니께서 대단히 고마워하신다. 장모님께서 매일 바

르면 대구 가시기 전에 다 낫는다고 하시니 어머니는 더 열심히 바르신다. 감사한 마음도 더 크게 느끼시는 듯하다.

장모님은 어머니에게 착하고 훌륭한 아들 낳아 줘서 고맙다고 이야기하신다. 그러자 어머니는 오랜만에 예쁜 며느리 낳아 주셔서 감사하다고 이야기를 하신다. 서로 아들딸을 칭찬하신다.

네 사람 모두 식사 후 약을 먹는 것으로
하루를 시작한다.

식사를 마치면 모두 약을 꺼낸다. 장모님은 평소 드시는 당뇨와 혈압약, 그저께 병원에서 가져온 약을, 어머니는 대상포진약을, 경희는 고지혈증약을 그리고 나는 약국에서 받아온 잇몸약을 먹는다. 그리고 우리 부부는 영양제도 경희가 챙겨 주어 먹는다. 현대인들은 약으로 건강과 생명을 유지하는 것 같다.

각자 약을 먹고는 햇살이 좋은 테라스로 이동하여 커피를 마시는 시간이다. 커피는 항상 내가 탄다. 스틱 커피믹스다. 어머니는 그동안 커피를 마시면 잠이 안 온다고 하여서 드시지 않다가 양평 와서 커피를 처음 마시곤 맛있다고 하신다. 아침 식사를 한 후에 커피를 주시면 아주 맛있게 드신다. 꼭 꿀물 등 맛있는 것 드실 때처럼 커피잔을 돌려가며 쉼 없이 드신다. 천천히 드시라고 해도 후후 불면서 그냥 막 마신다.

햇살이 좋아 빨래를 하면 좋을 것 같아 빨래할 것 있으면 내놓으라고 하니 어머니는 대구 가면 빨래해서 말리기도 쉽지 않을 거라며 며칠 전에 빨래한 얇은 담요와 팬티, 수건 등을 갖고 오신다. 그래서 담요는 며칠 전에 빨았는데 왜 또 갖고 오셨냐고 물으시니 어제저녁에 덮고 잤는데 땀이 나서 그렇다고 하신다.

따뜻한 햇살을 맞으며 커피 마시는 것이 가장 행복한 시간이다.

따뜻한 햇볕을 받으면서 네 명이 커피를 마시는 시간이 가장 행복하다. 어제와 마찬가지로 다시 우리 집에 평화가 찾아와 너무 기쁘다. 아무 걱정 없이 푸르른 먼 산을 바라보며 평온하게 커피를 즐기는 것이 참 좋다.

우리 부부 둘이 양평에 와도 이렇게 평화롭게 커피를 마시는 기회가 많지 않다. 보통 주말에 오는데 저녁 늦게 오는 관계로 아침에는 늦잠을 잔다. 일어나 아침을 먹으면 벌써 해가 중천에 떠서 느긋한 모닝커피를 마시는 것이 쉽지 않다.

어머니는 평온하게 커피를 마시니 기분이 좋으신지 "에구 편하게 잘 지내다 간다. 고맙다"라고 하신다. 그러더니 또 울음 섞인

정원 잔디밭에 앉아 여유를 즐기시는 두 어머니

목소리의 사설 조로 신세 한탄을 하신다. 매번 들어도 꼭 같은 이
야기다. 무슨 한이 저렇게 많으신지. 긍정적으로 생각하면 끝없이
행복한 삶인데, 모든 일을 다른 사람들과 비교하면서 부정적으로
생각하시니까 한없이 처량하고 슬퍼지시는 모양이다.

　아들 8형제를 두어 장남과 여섯째 아들을 먼저 보내고 남편인
아버지를 15년 전에 보내드렸지만, 나머지 아들은 모두 자기 집에
2~3명의 자식을 두고 잘 지내고 있을 뿐 아니라, 큰 며느리가 모
시고 살면서 아들들이 모아 한 달 용돈으로 30만 원을 드리고 있
는데 말이다. 대상포진을 완치하지 못해 지금까지 고생은 하시지
만 다른 큰 걱정이 없어 긍정적으로 생각하면 얼마든지 행복하실
텐데 아무리 이야기해도 어머니의 생각과 시각은 바뀌지 않는다.

느긋하고 여유로운 시골 의사 선생님이
제대로 전원생활을 즐기는 표본인 것 같다.

어제 소나무 전지를 하면서 어떤 벌레에게 물렸는지 왼쪽 눈 주위가 부풀어 올라 시장 가는 길에 양평읍 피부과에 들렀다. 지긋한 나이의 의사 선생님은 바쁜 도시의 의사와는 달리 느긋하시다. 말씀도 천천히 하실 뿐 아니라, 시골의 풍습에 관해서 이야기하신다. 양평에는 서울 근교라서 퇴직하고 은퇴한 사람들이 많이 온다면서 나처럼 벌레에 물려 찾아오는 사람들이 많단다.

서울에서 온 사람들은 농사 경험이 없어 저녁에 TV 등을 보다 늦잠을 자고 아침 늦게 일어나 햇볕이 강렬한 한낮에도 죽기 살기로 일을 한단다. 또 벌레에게 물려 찾아오는 사람도 대부분 은퇴 후 양평에 온 사람들이란다.

양평 토박이 농사꾼들은 아침 일찍 일어나 시원할 때 일하고 한낮에는 쉬거나 낮잠을 잔단다. 그리고 벌레에 물릴 우려가 있는 작업을 할 때는 보호 장구를 한단다.

그러나 은퇴 농사꾼들은 자기가 먹는 농산물이라서 농약을 전혀 안 하는데, 사실 식물이 어릴 때 농약을 치는 것은 괜찮다는 사실을 몰라서 그런 것이라고 한다. 결국 농약을 하지 않아 농사를 거의 실패한단다.

아마 내가 은퇴한 농사꾼으로 보여서 직접 이야기는 못 하고 비유적으로 에둘러서 이야기하는 것이 아닌가 하는 생각이 든다.

내가 맞장구를 치면 치료는 안 하고 계속 이야기를 할 태세다. 나는 보일러 굴뚝 청소를 부탁한 관계로 가 봐야 할 것 같아 눈병에 관해 이야기했더니만 주사 한 방과 바르는 약, 3일치 복용약을 처방해 준다. 눈 주위가 좀 부풀어 올랐다가 이제 진정되고 있는 상태인데 너무 과잉진료가 아닌가 할 정도로 처방을 해 주신다.

약국에 들러 어머니의 코 옆 헌 데 바르는 연고를 샀다. 장모님이 발라 주신 연고를 갖고 가서 비슷한 성분의 약으로 구입했다. 장모님이 몇 번 발라 드리니까 효과가 좋다며 워낙 좋아하셔서 어머니께 드리려고 샀다.

아들 집에서 손톱을 깎으면 정떨어지신다며 한사코 거부하신다.

어머니는 저녁 식사 후 8시면 잠을 주무신다. 그리고 아침 식사 후 커피를 드시고 10~11시경이면 또 방에 들어가 주무신다. 특별히 할 일이 없으신 데다, 이야기할 상대가 없을 뿐 아니라 있다 하더라도 귀가 어두워 잘 들리지 않기 때문이다. 그리고 점심 식사 후 또 잠을 몇 시간 주무신다. 그러고도 저녁을 잡수시고는 조금 지나면 또 잠을 주무신다. 식사하실 때 보면 우리가 먹는 양 정도로 숟가락에 밥을 많이 떠서 드신다. 잘 드시고 잘 주무시니 건강이 좋으신 모양이다. 대상포진으로 인한 고통 아니고는 고혈압이나 당뇨 같은 성인병도 없으시다.

어머니 발톱이 너무 길어 오늘 시장에 가서 큰 손톱깎이를 사 와서 깎아 드린다며 앉으시라고 하니까 다른 사람 집에 와서 손톱 깎으면 정떨어진다고 안 깎는다며 손사래를 치신다. 이런 모습을 보시던 장모님이 손톱을 깎아 가져가서서 큰 며느리 집에 버리면 괜찮다고 하셔도 막무가내다. 그래서 장모님께 손톱을 깎아 드린다고 하니 장모님은 "나는 스스로 깎는다"라면서 대구 가서 깎겠다고 하신다. 장모님도 정떨어진다는 이야기를 아시고 안 깎으시려고 하시는 것 같다.

결국 양평장 구경을 시켜 드리지 못했다.

처음 어머니와 장모님을 모셔 오면서 양평 주변을 관광시켜 드리려고 했는데 그러기가 어려웠다. 두 분 다 차량은 타실 수 있어도 내리시면 걷는 것이 거의 불가능하시다. 장모님은 지팡이를 짚으시는데 20미터 정도를 걸으시면 쉬어야 한다. 병원에 입원하신 이후에는 거의 10미터 정도를 걷고는 쉬신다. 어머니는 보행기에 의지한 채 걸어야 하며 보행기가 없으시면 거의 기어가다시피 하신다. 화장실 가실 때는 엉금엉금 기어서 가신다.

이런 형편이니 주변 관광지를 가는 것이 곤란하다. 오늘은 양평 장날이라 어지간하면 양평장 구경을 시켜 드리려고 했는데 날씨가 너무 더운 데다, 걷는 것이 어려워서 우리 둘만 양평 하나로 마트에 가서 식료품과 떠 먹는 요구르트, 빵 등 간식거리를 사 왔다.

전원주택을 마련한 지 몇 년이 지난 데다 최근에는 보일러에 불을 넣어도 잘 들어가지 않고 방도 별로 따뜻하지 않아 집을 지은 책임건축 최용석 사장에게 어제 전화를 했더니 오늘 와서 봐 준다고 하여 오후에 직원 2명을 데리고 왔다. 보일러를 옮기고 방바닥 구들 배관에 쇠줄을 넣어 배관을 긁어내는 청소를 했는데 2시간 이상 소요되었다.

어머니가 치매 증세가 있으신지 옛날이야기만 반복하신다.

어머니는 청소하는 부근까지 와서 보시려고 하셔서 위험하고 먼지 나니 오시지 마시라고 하니 오시지는 않으시면서 무엇을 하는지 관심이 많으시다. 그러면서 "단단히 해달라고 부탁해라"라고 당부를 하신다. 보일러 청소를 끝내고 직원들이 철수 준비를 하는데 바깥에 내놓은 솥단지가 무거우니 직원들에게 부탁하여 처음 있던 장소에 가져다 놓으라고 이야기하란다. 다 알아서 할 텐데 간섭을 하신다. 또 군불을 지피는 곳으로 오시더니만 나무를 그만 넣어라, 아궁이는 그 정도로 열어 놓아야 한다고 주문 겸 이야기를 하신다.

어머니가 하시는 말에 대꾸를 안 하고 듣고만 있으면 될 텐데 그게 잘 되지를 않는다. 어머니의 말씀에 대해 참는 데 한계를 느낀다. 심지어는 야외에서 사용하는 나무 탁자를 아파트로 이사 갈 때는 가지고 가지 말라고까지 하신다.

치매기가 좀 있으신가. 어릴 때 이야기, 시집와서 농사일하고 산에 가서 나무하며 고생한 이야기 등 하시는 레퍼토리가 똑같다. 좋은 기억은 없으시고 고생하고 힘든 기억만 나시는 모양이다. 경희도 시어머니가 좋지 않은 이야기만 계속하시니 듣기가 거북한 모양이다.

처음 두 어머니를 모신 것은 비록 사돈 간이지만 서로 친구 삼아 이야기하며 지내시면 심심하지 않으실 것 같았고, 구경도 시켜 드리며 맛있는 것 해 드리면서 어머니와의 추억을 쌓으려고 했기 때문이다. 하지만 두 분 모두 귀가 어두우시고 거동이 불편하신 데다 장모님이 5일 동안 병원에 입원해 계셨던 관계로 애초의 계획에 차질이 많이 생겼다.

맛있는 식사를 하고는 며느리에게 감사의 인사를
할 정도로 조금 변하신 것 같다.

저녁에 경희가 반찬으로 갈치조림과 묵을 만들었다. 장모님과 어머니는 맛있게 드신다. 특히 어머니는 갈치조림의 가시를 발라 드리니까 무와 국물까지 싹싹 긁어 드신다. 그러고는 허리를 굽혀 "잘 먹었습니다"라고 며느리에게 인사를 한다. 미역국도 잘 드시는 데 갈치조림을 드시느라고 거의 드시지 않으시고 내일 먹을 테니 남겨 두라고 하신다.

처음에는 식사하고 잘 먹었다는 이야기를 하지 않으셨다. 그래서 장모님이 먼저 "맛있게 잘 먹었습니다"라고 인사를 하면서 잘 먹었으면 인사를 해야 한다고 이야기하니까 이제 맛있게 드시면 스스로 인사를 하신다. 그런데 오늘 저녁은 특히 맛있게 드셔서 그런지 진심으로 우러나오는 인사를 하신다.

그동안 경희는 국과 반찬을 거의 매일 다른 식단으로 준비했다. 특히 장모님은 틀니를 하셨지만 잘 붙어 있지 않아 잇몸으로 식사를 하셔야 하는 관계로 많은 신경을 써야 했다.

주식은 밥을 비롯하여 떡만둣국, 잔치국수, 칼국수, 떡라면을, 국은 쇠고깃국, 미역국, 해장국, 된장국을 교대로 준비했다. 반찬은 계란프라이, 계란말이, 두부찌개, 잡채, 상추겉절이, 시금치, 부추양파부침개, 고등어, 갈치, 조기, 참치, 김과 여러 가지 나물 및 겉절이 등을 준비했다. 그리고 간식으로 바나나, 토마토, 사과, 팥빵, 군고구마, 떠 먹는 요구르트, 치즈, 찐빵을 준비했고 커피도 매일 한잔씩 드렸다.

두 어머니와 행복했던 보름 동안의 동거가 이승에서 마지막이 아니기를 기도해 본다.

오늘 저녁이 이제 마지막 밤이다. 보름 동안 98세의 장모님과 88세의 어머니를 모시고 두 분이 저세상으로 가시기 전에 부모와 자식 간의 그동안 못다 한 이야기를 하고, 사돈끼리 만나 정을 나누는 기회를 가지려고 이런 자리를 마련했다.

장모님은 지팡이를 짚고 다니시지만, 정신은 또렷하여 그런대로 지낼 만했는데 중간에 5일간 병원에 입원하신 관계로 애초 계획에 많은 차질이 생겼으며, 입원한 첫날은 양평에서 하직하시는 것이 아닌가 할 정도로 위급한 순간이 있었다. 그러나 다행스럽게도 잘 회복이 되고 며칠만이라도 모닝커피를 마시며 즐겁게 지내게 되어 참 다행이었다.

어머니는 연세가 장모님보다 열 살이나 아래지만 인지 능력 면에서는 떨어지신다. 아버지와 함께 사실 때도 그랬었지만 세상 물정을 잘 모르신다. 모든 것을 아버지가 다 해 주셔서 그런가 하는 생각이 든다. 아무리 이야기해도 그때만 수긍하지 조금 지나면 또 원래대로 되돌아가신다. 어릴 때 시집와서 어른들 모신 일, 농사 짓고 산에서 나무하면서 고생한 이야기 등이 전부다. 좋은 일도 많이 있었을 텐데. 참 안타깝고 아쉽다.

애초 의도와는 달리
어머니에 대한 측은한 마음만
가슴에 남겨둔 채 헤어졌다.

　어머니를 모시고 올 때는 서로 조용히 이야기하면서 옛 추억을 되새기려고 했었는데 귀가 어두워서 소통이 안 되어 오순도순 이야기를 나눌 형편이 아니었다. 지금까지 팔 형제를 키우고 살아오면서 즐겁고 고마웠고 행복했던 일도 많았을 텐데, 어려웠고 힘들고 고생했던 일들만 가슴속에 가득하시니 안타까울 뿐이다.

　그동안 멀리 떨어져 있어 자주 뵙지 못해 그리움이 가득했는데 보름 동안 한집에 살다 보니 그런 마음이 다소 해소되었지만, 어머니의 시각으로 자식들에게 간섭하시고, 어렵고 고생한 이야기만 하시다 보니 측은한 마음만 간직한 채 헤어지게 되어 아쉽고 씁쓸할 뿐이다.

　그리고 어머니를 모시고 함께 사시는 형수님이 참 대단한 분이라는 것을 새삼 느끼는 계기가 되었다. 남편인 형님을 먼저 보내고 혼자서 시어머니를 모시고 사는 것이 대단히 어려울 텐데도 잘 지내고 계시니 말이다. 보름이라는 한시적인 시간 동안 모시면서 큰소리치지 않고 잘 모시겠다고 스스로 다짐했지만 지키지 못했다.

가만히 생각해 보면 나도 정 많은 아들은 아니다. 좀 더 살갑게 어머니의 잔소리를 웃으면서 그냥 받아넘겼으면 더 좋았을 텐데 그렇게 하지 못한 것이 아쉽고 또 후회스럽다. 60년을 넘게 살았지만, 아직 수양이 되려면 한참은 더 있어야 한다는 것을 알게 되었으며, 아마 죽을 때까지도 못할지도 모를 일이다. 그렇지만 가까이 모시다 보니 그렇게 하기가 결코 쉽지 않다는 것도 알게 되었다.

어머니의 말씀처럼 어머니는 딸이 없어 노년이 참 쓸쓸한 것 같다. 물론 형수님이 잘 모시고 계시고, 대구에 있는 동생들도 챙기고 있지만 가까이 딸이 있었으면 훨씬 더 좋았으리라 생각된다.

마지막 떠나가는 내일이라도 잘해 드리자. 대구에 가시거나 다른 아들 집에 가서 '둘째 아들은 못된 자식'이라고 욕하실지 모르지만….

사실 장모님이 연세가 열 살이나 더 위이고, 또 병원에 5일간 입원하셔서 퇴원하시고 난 다음부터는 식사 준비할 때 장모님 위주로 해 드린 게 사실이다. 그래서 어머니는 '내 아들 집에 왔는데 장모만 챙기고 나는 뒷전이네'라는 느낌을 받았을지 모르지만 장모님께서 사경을 헤매서서 어쩔 수 없었으며, 그렇더라도 최대한 챙겨 드린다고 했다. 그러나 아마 부족한 점은 있을 수 있으리라 생각된다.

내일은 대구에 있는 바로 아래 남석 동생 집으로 어머니를 모시기로 했는데 제수씨가 절에 가는 관계로 3시쯤에 집에 도착한다고 하여 그 시각에 맞춰 대구에 도착하기로 했다. 어머니를 모셔다 드리고 난 다음 스위스 여행에서 지난 일요일 도착한 딸을 만나 커피를 한잔한 후 처가에 가서 장인 제사에 오랜만에 참석할 계획이다. 오늘 밤도 안녕히 주무셔야 할 텐데. 굿 나잇.

PART 5

행복했던 보름이 끝났다

열다섯째 날
다시 만날 기약이 없는 이별

2018년 5월 29일 화요일, 맑음

큰 사고 없이 두 어머니를 모시고
다시 대구로 내려가게 되어 참 다행이다.

 오늘은 대구로 가시는 날이다. 어머니와 장모님께서 보름 동안 잘 계셔 주셔서 감사드린다. 비록 장모님이 중간에 5일간 병원에 입원하셨지만, 치료를 잘 하시고 퇴원을 하셨으니 얼마나 다행인가.

 오늘은 이제 대구로 내려가시는 날이라고 하자 아침을 드시고 난 다음 옷을 챙겨 입으시고 가지고 오신 가방을 챙기신다. 내려가실 때 휴게소에서 점심을 드시면 연세 많은 노인이라 불편할 것 같아 점심을 대구 동생 집에서 드시게 하는 게 좋을 듯했다. 그래서 아침 식사를 일찍 드시게 하여 8시경 출발하고자 했다.

 그러나 대구에서 어머니를 맡으실 제수씨가 오늘 음력 보름이라 절에 갔다가 3시경에 집에 도착한다고 한다. 그래서 대구 도착 시각을 3시로 맞추고 여유 있게 10시 반경에 출발하기로 했다.

형수님은 우리가 어머니를 양평으로 모시고 오자 중국으로 파견 근무를 가 있는 아들을 만나기 위해 중국에 가기로 했으나 서로 일정이 잘 맞지 않아 5월 31일부터 6월 4일까지 중국을 다녀오시기로 일정을 잡으셨다. 5월 29일인 오늘 어머니를 형수님 댁으로 모시고 가면 또 이틀 있다가 다시 동생 집으로 모셔가야 하는 번거로움이 있어 곧장 동생 집으로 모시기로 한 것이다.

집 안을 정리하고 두 분의 짐이 든 가방과 어머니 보행기를 자동차에 실었다. 차를 타고 떠나려니까 아쉬운 모양이다. 어머니는 도둑이 올지도 모르니까 사람이 방 안에 있는 것처럼 신발을 문 앞에 두라고 하신다. 온 동네가 담장도 없고 대문도 없는데. 옛날 시골 생각이 나시는 모양이다.

장모님은 시골 전원주택에 보름 동안 지내시다가 가는 것에 아쉬움을 표시하면서도, 객지에서 사경을 헤매다 5일 만에 퇴원해서 서 그런지 사위나 딸네 집보다는 장남이 있는 대구에 간다고 하니 안도하는 모습을 보이기도 하신다. 평상시와 마찬가지로 아침 식사를 하고 모닝커피를 마신 다음 출발을 하려니까 두 분은 보름 동안 지낸 전원주택에 대해 "잘 있다 간다. 고맙다"라고 인사를 하신다. 10시 반경에 양평을 출발했다. 가는 도중에 휴게소에서 점심을 먹어야 하는 관계로 경희가 음식을 준비했다.

장모님이 퇴원한 지 얼마 되지 않아 대구까지 250킬로미터의 장거리를 이동하는데 상당히 힘들어하실 것 같아 중간에 두 번 정도 쉬기로 계획을 하고 출발했다. 별로 밀리지 않더라도 쉬지 않고 세 시간은 달려야 한다. 그러니 휴게소에서 쉬는 것을 생각하면 네 시간 이상 잡아야 한다.

두 어머니께서 손을 꼭 잡고는
서로 건강하시고 오래 사시라고 인사하시는 모습을 뵈니
애처로운 생각이 든다.

자동차를 타고 동네를 벗어나 양평IC를 지나 중부내륙고속도로에 접어들자 어머니는 사돈의 손을 잡고는 "사돈과 보름 동안 함께 있어서 심심하지 않고 재미있게 잘 지내다 가게 되어 고맙습니다. 사돈은 나보다 나이는 10살이나 많지만, 귀도 밝고, 눈도 잘 보이고, 걸음도 잘 걷고, 기억력도 좋은 데다 노인정에도 가시니 부럽습니다"라면서 "오래 사시기 바랍니다. 부디 건강하세요"라고 인사 겸 당부를 하신다.

그러자 장모님은 "사돈은 나보다 나이가 10살이나 젊고 건강하시니 오래 사셔야 해요"라면서 "나는 이제 자는 도중에 하늘나라로 가는 것이 소원입니다"라고 이야기하신다.

그런 다음에는 두 분 다 말이 없으시다. 장모님은 지난밤에 방이 너무 뜨거워 장판에 불이 날까 봐 겁이 나서 잠을 못 주무셨단다. 그동안 군불을 지피던 보일러와 방구들의 연통관에 찌꺼기가 끼어 청소를 했더니만 전과 비슷하게 장작을 넣었는데도 방이 매우 뜨거웠던 모양이다. 특히 아랫목 이불 밑은 발을 못 디딜 정도로 뜨거우니까 염려가 되었던 것 같다.

자동차에 탄 세 사람은 모두
그동안 너무 피곤했던지 꿈나라로 갔다.

　자동차가 달리면 흔들리니까 두 분 다 잠이 오시는지 장모님은 머리를 앞으로 숙인 채 주무시고 어머니는 머리를 뒤로 붙이고 주무신다. 경희도 피곤한지 머리를 앞으로 숙인 채 잠이 들었다. 장모님이 입원하여 매일 밤 병원에서 잠을 자고 또 퇴원한 다음에도 하루 세끼 식사 챙기느라고 고생이 많았는데 그 피로가 몰려오는 모양이다.
　라디오나 음악도 틀지 않은 채 열심히 달린다. 괴산 휴게소를 지나자 장모님은 여기가 어디냐고 이야기하신다. 좀 쉬어서 화장실에 들렀다 가시고 싶어 하는 것 같아 괴산 다음 문경 휴게소에서 쉬었다 가기로 했다. 문경 휴게소에 도착하여 화장실 볼일을 보았다. 마침 점심시간이 되어서 경희가 준비한 점심을 챙겨 휴게소 야외 테이블에 자리를 잡았다.

경희는 김 가루를 뿌려 만든 주먹밥과 부추 부침, 팥빵과 바나나, 요구르트를 꺼냈다. 거기에 따뜻한 커피 한잔을 사 와서 점심을 먹었다. 특히 어머니는 요구르트로 목을 축여 가며 부추 부침과 팥빵을 맛있게 드신다.

장모님이 어머니에게
마지막 선물로 지팡이를 사 주셨다.

점심을 먹고 화장실에 다녀오다 어느 휴게소나 마찬가지로 자동차용품 등을 파는 가게가 있어 가 보니 등산용 지팡이가 보인다. 높이 조절이 가능한데 가격이 1만 원이다.

양평에 계시는 동안 어머니는 장모님의 지팡이를 은근히 부러워하셨다. 어머니는 지팡이를 집에 두시고 보행기만 가지고 오셨는데, 어머니가 그동안 사용하시던 것은 어느 할머니가 그냥 주셨는데 나무로 되어 있어 무겁다면서 장모님의 가벼운 등산용 지팡이에 많은 관심을 보이셨다.

그래서 지팡이를 사 드리려고 하면 자식이 사 주면 해로워서 안되고 다른 사람이 사 줘야 한다고 해서 사 드리지 못했었다. 그런데 가격이 1만 원밖에 안 하기에 장모님께 이야기해서 어머니께 선물하시면 좋겠다고 하니까 흔쾌히 수락하시면서 경희와 함께 직접 가서서 사 오셨다. 어머니는 평소에 갖고 싶었던 가벼운 등산용 지팡이를 사돈에게 선물로 받으니 너무 고마워서 "감사합니다", "고맙습니다"라는 인사를 계속하신다. 또 경희는 휴게소 아웃도어 매장에서 양말 6켤레를 사서 어머니에게 4켤레를, 장모님에게는 2켤레를 드렸다. 경희가 양말을 산 것은 어머니가 며칠 전 장모님이 신은 양말을 보고는 이쁘다면서 부러워하셨기 때문이다. 어머니는 고맙다면서 흐뭇해하셨는데 장모님은 집에 양말이 수도 없이 많다면서 거절하시자 경희는 그냥 장모님 가방에 넣어 드렸다.

어머니는 가벼운 지팡이를 사돈에게 선물 받은 데다, 며느리가 양말까지 사 드리자 기분이 아주 좋아지셨다.

드디어 어머니를 동생 집에 모셔다 드리면서
또 어머니 혼자 계셔야 할 것을 생각하니
측은한 마음이 앞선다.

느긋하게 점심을 먹고 물건을 사다 보니 1시간 이상 훌쩍 지나서 다시 자동차를 타고 출발했다. 연세 많으신 두 어른이 타고 계셔서 100킬로미터 정도로 정속 주행하며 천천히 달렸다. 대구 동생 집 도착 시각이 거의 3시다. 경희가 동서에게 전화하니 방금 집에 도착했다고 하여 장모님은 주차장 차 안에 남겨두고 어머니 가방을 들고 둘이 동생 집에 들르자 제수씨가 반갑게 맞이 해 준다.

그동안의 경과와 어머니의 식습관, 식사량을 설명해 주고, 볼일 이 있으면 점심을 챙겨 드리고 일을 봐도 될 것이라는 등의 이야 기를 했다.

보름 동안 양평에서 잘 지내시다가 다시 대구 동생 집에 오시니 모든 것을 낯설어하신다. 양평에서는 사돈하고 둘이서 재밌게 잘 지내셨는데 이제 또 혼자 계셔야 한다고 생각하니 측은한 생각이 든다. 이번 추석 때 만날 것을 기약하면서 그때까지 건강하게 잘 계시기를 바랄 뿐이다.

장모님께서 입원하셨을 때
대구 처남과 소통을 잘하여
무사히 귀향하시게 되어 다행이다.

인사를 하고 자동차로 와서 장모님을 모시고 처가로 갔다. 처가 에 전화해서 도착시각을 알려 드렸더니 포항 처형이 아파트 주차 장으로 마중을 나왔다. 장모님이 병원에 5일을 입원하셨음에도 무 사히 대구 본가에 도착하시니 모든 식구분들께서 장모님의 건강 에 대해 관심을 보이고 걱정하신다. 내려오시는 긴 시간 동안 잘

견디어 주신 데 대한 안도감이 밀려온다.

처남에게 그동안 장모님의 경과를 이야기하니 수고가 많았다고 격려해 주시면서 위급한 순간에 서로 전화로 긴밀히 소통하면서 일을 순리대로 잘 처리해서 다행이라고 이야기한다.

오늘은 장인의 제삿날이다. 그래서 형제자매들과 친척들까지 오시고 부산 처남댁은 오전에 오셔서 제사상 음식을 준비해 놓았다. 준비한 음식을 좀 먹으면서 이야기를 하다 대구 동구 안심에 사는 사돈집을 찾아갔다. 딸과 사위가 열흘 정도 스위스와 프랑스를 여행하고 왔을 뿐 아니라, 손녀인 소윤이가 보고 싶었기 때문이다. 딸은 대구에 근무하는 관계로 시집에서 거주하고 있다.

오랜만에 대구의 딸과 손녀를 만났다.
딸은 그저 반갑고 손녀가 너무 귀엽다.

오랜만에 딸과 손녀를 만나니 너무 반갑다. 두 돌이 지난 손녀는 어린이집에 다니는데 말을 너무 잘한다. 외부에서 만나 간단히 차나 한잔하며 보기로 했는데 사부인이 집에서 보자고 하여 사돈댁으로 들어갔다. 갑자기 방문하는 관계로 아무것도 준비하지 않았는데 수박과 토마토 등 과일을 내오신다.

손녀인 소윤이는 서울 할머니를 너무 반긴다. 멀리서 보더니만

"할머니!" 하며 달려와 폭 안긴다. 서울에서 1년 반 이상 키우다 대구로 내려간 관계로 그 정을 잊지 못하는 모양이다. 서울에 있을 때는 같은 아파트에 딸은 4층에, 우리는 9층에 살고 있어서 소윤이에게는 우리가 9층 할머니와 할아버지로 통한다.

2시간 정도 과일을 먹으며 소윤이 어린이집 다니는 이야기 등을 하다 나왔다. 할머니와 안 떨어지려는 것을 일순간 다른 곳으로 관심을 돌려 대구 할머니에게 인계하고 헤어졌다. 울지 않고 잘 헤어져 다행이다.

다시 처가에 오니 벌써 친척들이 몇 분 오셨다. 사촌과 팔촌 처남들까지 왔다. 요즈음 시절 기제사에 팔촌까지 참석하기는 쉽지 않은 일인데 처남이 평소 집안의 대소사를 잘 챙기서 그런 것 같다. 돈독한 박씨 집안의 우애가 부럽다.

장모님은 양평으로 가실 때도 기력이 좋지 않으셨다. 아파트 안 50미터 거리의 노인정을 가는데도 2~3번은 쉬어야 할 정도였다. 그런데 양평에 가서서 닷새 동안 병원에 입원한 관계로 기력이 더 많이 떨어지셨다. 그래도 대구 집에 무사히 도착했으니 참 다행이다. 많은 식구가 관심을 표명하니 좀 더 활력이 생기는 것 같다.

이번 두 어머니를 모시면서 새삼 깨달은 것은 늙으신 부모님을 모신다는 것이 참 힘들다는 것이다. 처남과 처남댁에게도 그런 이야기를 하면서 수고가 많으시다고 인사를 드리니 흐뭇해하신다. 사실 부모님 모신다고 특별히 알아주는 사람도 많지 않다. 나도 전에는 그랬으니 말이다.

두 분이 가신 다음 날

노년의 삶에 대한 깨달음을 얻었다

2018년 5월 30일 수요일, 맑음

오랜만에 장인어른 제사에 참여하고 성묘까지 했다.

오늘은 아침을 먹고 가족들과 함께 장인 산소를 찾아보기로 했다. 그런데 아침에 잠을 깨니 목 뒷덜미가 뻐근한 것이 이제까지 경험해 보지 못한 통증이 있다. 머리에도 조금 통증이 느껴진다. 조금 마사지를 해도 별 차도가 없다. 그동안 국선도를 7~8년 해 온 덕에 몸의 혈액순환에는 별문제가 없었는데 두 어머니를 모시면서 신경을 쓴 데다 오랜 시간 동안 운전을 해서 그런가 하는 생각이 들기도 한다.

장인 산소 방문에 장모님도 동행하고 싶어 하시나 건강상 어려운 일이라 노인정에 모셔다 드리고 처남 내외와 우리 부부 그리고 포항 처형 등 5명이 내 차를 이용해서 갔다. 산소가 있는 성주군 수류면 보월리는 대구 달서구 상인동에서 차로 1시간 거리다. 좀 더운 날씨지만 소풍 가듯이 가벼운 마음으로 달리니 금방이다. 오랜만에 방문하니 도로가 시원하게 다시 뚫려 있는 등 많이 바뀌었다.

산소를 둘러보고 주변 매실나무에 매실이 많이 열렸기에 다섯 명이 따니 금방 20㎏ 정도가 되었다. 소나기가 오려는지 천둥이 치며 빗방울이 조금씩 떨어진다. 매실을 싣고 차를 타고 나오니 소나기가 쏟아진다. 절묘하다. 일을 다 마무리하니 소나기가 내린다.

장모님을 모시느라 고생했다며
추어탕 두 상자를 선물로 받고 칭찬을 들었다.

오는 길에 현풍 논공에서 공원기사식당을 운영하는 큰 처형 집에 들렀다. 주변에서 맛집으로 유명하여 점심시간에는 손님들을 맞느라 눈코 뜰 사이가 없다. 11시 반쯤 도착해서 맛있게 차려 주신 점심을 먹고 있는데 손님들로 만원이다. 손님들이 많아 더 머무는 것이 불편하여 잘 먹었다는 인사를 하며 나오는데 그동안 장모님 모시느라고 수고했다며 추어탕 두 상자를 아이스박스에 넣어 주신다. 오면 주려고 미리 끓여서 냉동해 놓았단다.

처형께서는 내가 허벅지 골절로 요양 중일 때도 뼈에 좋다며 추어탕을 끓여 택배로 보내 주셨다. 깔끔한 맛 또한 일품이다. 너무

장인 산소 앞 매실나무에서 매실을 딴다

고맙다. 자식으로서 당연히 할 일을 한 것뿐인데. 두 어머니를 보름 동안 모신 이번 일로 주변의 여러 사람으로부터 과분한 인사를 들어 몸 둘 바를 모르겠다.

처남 내외분을 대구 아파트에 모셔다 드리고, 처형은 서부 정류장에 내려 드린 다음 서울로 향했다. 보름 동안 두 어머니를 모시는 일도 무사히 마쳤다. 피곤이 밀려온다. 서울 도착하려면 4시간은 자동차를 달려야 한다.

점심 식사 후 운전하는 것은 쥐약이나 마찬가지다. 칠곡 휴게소에 들러 눈을 붙이고 잠깐 휴식을 취했다. 쉬엄쉬엄 서울로 가면 된다. 가벼운 마음으로 음악을 들으며 달린다. 경희는 옆에서 계속 고개를 숙이고 잠을 잔다. 그동안 많이 피곤했던 데다 두 어머니를 무사히 본가로 보내 드리고 나니 긴장이 풀려 그런 모양이다.

두 어머니를 대구에 모셔다 드리고 가벼운 마음으로 서울로 향한다

집 떠난 지 16일 만에 다시 서울 집에 도착했다. 집이 어색하다. 많이 피곤하다. 그래도 두 어머니에게 기쁨을 드리고, 사돈 간에 생에 마지막으로 만나 함께할 수 있는 시간을 드린 것은 참 잘한 일이라는 생각에 뿌듯하다.

인생은 결코 길지 않다.
열심히 그리고 올바로 살아야 함을 깨달았다.

경희가 장모님을 모시려고 한 것은 처남 내외분께 휴가를 드리고 그동안 다하지 못한 모녀간의 정을 충분히 나누려고 한 것이었다. 그러나 장모님의 급작스러운 입원으로 차질이 생겨 처음에 의도했던 것에 비하면 충분하지는 못했지만 그래도 함께할 수 있었던 것만으로도 여한은 풀었으리라 생각된다.

나도 어머니를 모시면서 옛날 어린 시절의 이야기를 많이 나누고 싶었지만 어머니의 귀가 어두운 데다, 옛날 일을 생각하고 판단하는 데는 어머니의 노화가 깊어 어려움이 많았다. 좀 더 일찍 모셨으면 하는 후회가 크다. 이제는 이런 기회가 다시 올 수 있을까. 아마 기회가 있더라도 의사소통하는 데에 더 어려움이 많으리라 생각된다.

인생이란 이런 것인가. 개인적인 차이는 있을지라도 자기 의지대로 움직이지 못하고 보고 듣는 것이 어려우면 그냥 살아 있다는 것뿐이지, 삶의 의미는 없어 보인다. 98세인 장모님도 "이제 잠을 자다 그냥 영감 옆으로 가는 것이 제일 큰 소원이다"라고 하신다.

그러나 88세인 어머니는 죽겠다는 이야기는 절대 안 하신다. 오히려 나이가 들수록, 또 병을 갖고 있을수록 생에 대한 애착이 더 깊어지는 것이 아닌가 하는 생각이 든다. 아직도 대상포진의 후유증으로 약을 아침저녁으로 드시면서 저녁에는 진통제를 추가로 드신다. 양평에 오셨을 때도 진통제를 대구에서 적게 가져오셨다면서 병원에 가서 약을 받아 와야 한다고 졸라서 약국에 가서 드시는 약을 보여 주고 비슷한 성분의 약 20일분을 사 왔다.

어머니께 화내고
장모님과 고스톱을 많이 하지 못한 것이
못내 후회스럽고 아쉽다.

　보름 동안 두 어머니를 모시면서 아쉽고 후회되는 것도 많다. 먼저 어머니께 좀 더 살갑고 친절하게 대해 드리지 못한 것이 참 후회스럽다. 한순간을 참지 못해 나를 이렇게까지 키워 주신 불쌍하고 나약한 어머니께 큰소리치고 화낸 것이 너무나 부끄럽다. 그 순간 되돌아서서 눈물을 머금으면서 '나이를 헛먹었구나' 하는 생각이 들었다.

　장모님은 사위하고 고스톱 하는 것을 좋아하신다. 좀 더 여러 번 고스톱을 치며 재밌게 지내야 했는데 어쩌다 보니 두 번밖에 하지 못했다. 따뜻한 방바닥에 앉아 장모님께서 마음껏 실력 발휘할 기회를 드렸어야 했는데 피곤하기도 하고 또 일과를 정리하다 보니 시간이 잘 맞지 않아 더 많이 하지 못한 것이 못내 아쉽다.

　두 분 다 걸음걸이가 불편한 것도 있으시지만 차를 타고 관광을 한다든지 나들이를 할 수도 있었을 텐데 장모님이 퇴원하신 이후에는 체력이 많이 약화되셨을 뿐 아니라 그럴 만한 시간도 없었다.

　퇴원하신 이후 좀 더 계시다가 가실 수도 있었는데 애초 내려가시기로 한 날이 장인 제삿날인 관계로 더 오랫동안 함께할 수가 없어 안타까웠다.

지금 생각해 보면 다시 올 수 없는 좋은 기회였었는데 많은 아쉬움이 남는다.

노년의 삶을 어떻게 살아야 하는지
되새겨 보는 계기를 가지게 된 것에 감사하다.

살아도 건강하게 또 자기의 의지대로 살아야지, 고통으로 하루하루를 괴롭게 연명하는 데 지나지 않아서야 무슨 삶의 의미가 있겠는가? 그런 의미에서 살아 있는 동안 건강하게 지낼 수 있도록 노력해야겠다.

두 어머니를 보름 동안 모시면서 즐겁고 행복하기도 했고, 또 힘들 때도 있었지만, 노년의 삶을 어떻게 살아야 하는지에 대해 큰 깨달음을 얻게 되었다.

이런 시간을 제안하고 또 실행했으며, 그 과정에서 많은 고생을 한 경희에게 무한한 감사를 표한다.

Epilogue

아무리 부모라고 하지만 나이 많은 노인을 모시고 산다는 것이 쉽지 않다는 것을 실감했다. 그 봉양의 시간을 수십 년간 이어 온 처남 내외분과 형수님께 정말 수고 많으시고 감사하다는 말씀을 다시 한 번 드린다.

그리고 보름 동안 고생한 경희에게 고마운 마음을 전한다. 처음에 울먹이는 말투로 장모님을 모시자고 이야기하여 그 기회를 이용하여 어머니도 함께 모시자는 기습적인 제안을 했는데 흔쾌히 응해 주고, 보름 동안 헌신적으로 두 어머니를 모셔 주었으며, 5일 동안 병원에서 선잠을 자며 장모님을 간호해 주었다. 참 고생이 많았다.

보름 동안 두 어머니를 모시면서 잔소리에 화를 내기도 했지만, 이를 계기로 내 자식들한테는 어떻게 해야 할지 깨닫는 계기가 되기도 했으며, 자식이 아무리 나이가 들더라도 어머니 눈에는 아직도 보살펴 줘야 할 대상으로 보여 잔소리를 하는 등 간섭을 하지 않을 수 없다는 것도 알게 되었다.

사돈 간인 두 어머니를 함께 모신 것은 잘한 일 같다. 서로 이야기 상대가 생겼기에 두 분 모두 적적해하지 않으셔서 좋았고, 헤어지실 때는 이승에서 만나는 마지막 기회가 될지도 모른다는 생각이 드셨는지 "건강하세요"라는 이야기를 나누고 한동안 말씀이 없으신 것을 보고는 숙연해지기도 했다.

처음에는 보름이 좀 긴 시간인 것 같더니만 장모님 퇴원 후에는 시간이 너무 빨리 지나갔다. 장인 제사만 아니었으면 더 계시다가 내려가셔도 좋았으련만 정해진 일정이 있어 많이 아쉬울 뿐이었다.

두 어머니를 한꺼번에 모실 수 있었던 것이 우리 부부에게는 추억을 만들 수 있는 더없이 좋은 기회였다. 힘들었던 기억은 없고 행복하고 즐거웠던 생각만 난다.

네 명이 식탁에 앉아 맛있게 식사하던 모습, 식사 후 테라스에서 모닝커피와 함께 군고구마와 바나나 등 간식을 맛있게 드시던 모습, 푸른 잔디밭 의자에 앉아 환하게 웃으시는 모습, 지팡이를 짚거나 보행기를 밀고 골목을 산책하시던 모습 등이 눈에 선하다.

두 어머니는 사돈지간이지만 언니와 동생 같으시다. 장모님이 열 살이나 위다. 5년 전에도 서울 방배동 아파트에서 2주 동안 함께 지내셨으며, 좀 더 젊으셨을 때는 서로 전화통화도 하며 안부를 물으시곤 했었다.

두 어머니를 앞으로 얼마나 더 뵐 수 있을는지 모르겠다. 장모님은 종종 너무 오래 살아 자식들에게 미안하다고 하시면서 잠자는 동안에 가만히 영감 옆으로 가는 것이 소원이라고 말씀하신다.

하여튼 사시는 동안 건강하시기를 빌어 본다. 두 엄마와 함께한 보름 동안의 추억은 책으로 남아 영원히 기억될 것이다.

2018년 12월
조남대